# Crianza S

Oh Héroe alfa barbudo y embr

que será suya

**Anna**

CRIANZA SAGRADA #2

**First edition. November 10, 2023.**



ISBN: 979-8223413325

Written by Anna Gary.

# Also by Anna Gary

**Crianza sagrada**

Crianza sagrada #1

Crianza Sagrada #2

**Marriage vierges**

Le Mari Étrangement Vierge

L'épouse étrangement vierge

Etrangement Vierge

**Sacré Élevage**

Sacré élevage 1

Sacrée élevage 2

Sacré Élevage 3

Sacrée élevage 4

**Standalone**

Double Jumeaux

La Femme Fatale complexée

La fille Riche de la Ville
Jusqu'à ce que je captive ton cœur
Quelqu'un Juste Comme Toi
Un Grand Risque à Prendre
Un Milliardaire qui a Besoin d'une Femme
Frêne doré
Le retour du mauvais garçon
La Jeune Musulmane
Dose de domination
La Transformation de Sandra
Preuve d'adultère
Tomber Amoureuse de son Voisin
Le Mangeur de Chair
L'embrasser jusqu'au bout
La Ligne à ne pas Franchir
La Première Fois de Stéphania
Séduit par Fiona
Le Plus Grand Braquage
En Avoir Assez
Totalement Beau et Interdit
Le Voisin Intimidant
Gemelos Dobles
La Chica Rica de la Ciudad
La Compleja Mujer Fatal
Riesgo a Correr: No voy a arriesgarme a dejar ir a Roselaure

Todo estaba bien hasta que esa inocente niña rica entró en mi garaje. Desde el momento en que puse mis ojos en ella, todo lo que he querido hacer es poner mis manos sucias en su cuerpo puro.

Hay un pequeño obstáculo en mi camino, pero tengo un plan. Todo lo que tengo que hacer es reclamarla y será mía para siempre.

Advertencia: este libro es exagerado e instantáneo. No hay nada más que escenas apasionantes y un héroe alfa barbudo obsesionado que reclama una virgen que será suya para siempre. Si lo quieres caliente y sucio, ¡aquí lo tienes!

¡Hay una dulce y obscena sorpresa al final!

# Capítulo 1

dolor

"¿De dónde carajo salió ese pedazo de culo?" Saco la cabeza de debajo del capó del auto y sigo la línea de visión de Butch. Deja escapar un silbido bajo mientras mira por una de las puertas del garaje. La irritación y los celos recorren mi cuerpo y no tengo ni puta idea de por qué. Tal vez sea la forma en que lo dijo o el tono de su voz, pero miro más allá de él para ver de qué está hablando.

La rubia en la que ambos tenemos nuestros ojos ahora parece haber salido de una pasarela. O cómo supongo que sería un modelo de pasarela. Aunque por las fotos que he visto en revistas de modelos, sus curvas son mejores. Su cabello rubio platino le llega hasta la cintura, donde las puntas comienzan a rizarse. Me dan ganas de envolver mi dedo alrededor de uno de ellos, agarrar un puñado mientras bombeo mi polla dentro de ella. Me pregunto cómo gemiría mientras entraba y salía de ella.

Su vestido corto abraza sus curvas en todos los lugares correctos y muestra sus largas piernas. Mis ojos recorren sus tallos hasta los tacones ridículamente altos que lleva. No tengo idea de cómo camina con ellos sobre el concreto irregular que cubre el frente de mi tienda. La forma en que está vestida me hace pensar que debe pertenecer a la realeza rica. No tengo ni puta idea de lo que está haciendo aquí porque claramente no encaja.

Ella nos mira, como si sintiera que la miramos. Sus ojos grises se encuentran con los míos y es como un puñetazo en mi sistema. Todo el aire sale de mis pulmones y toda mi sangre corre hacia mi polla. Me siento mareado y agarro el auto en el que estoy trabajando para apoyarme.

Soy demasiado viejo para tener una erección con solo mirar a una chica. Veintiocho años no es viejo, pero es demasiado viejo para excitarse con algo tan simple. Demasiado mayor para tener pensamientos sucios sobre una chica al azar, algo que no he hecho desde que era un adolescente cachondo. No voy a sumergir mi polla en ningún agujero al azar. Una media sonrisa se dibuja en sus labios y es como si estuviera tratando de hacerse la inocente o algo así. Debe ser parte de su juego.

Cuando finalmente aparta sus ojos de los míos, siento una pérdida inexplicable. Mierda. Eso no puede ser bueno.

"Tengo este jefe", dice Butch con una sonrisa de come mierda en su rostro. Es una mirada que conozco muy bien, y puedo ver que está haciendo como si fuera a saludar al pedazo de culo rubio al frente de la oficina. Antes de que pueda dar dos pasos, lo agarro por el brazo.

Eso no está pasando. Butch siempre tiene a las mujeres alrededor de su dedo. Tacha eso, envuelto alrededor de su polla es más parecido. Tiene mujeres cayendo a sus pies cada vez que salimos, y probablemente sea porque siempre está hablando mal. Por lo que dice, parece que tengo una expresión de "no me hables" pegada en mi cara, asustándolos a todos.

Siento la necesidad de criticarlo sólo por pensar en hablar con ella, pero rechazo ese sentimiento porque es jodidamente ridículo. Como si cualquiera de nosotros tuviera una oportunidad con una mujer así. Quién sabe qué estará haciendo en un pueblo tan pequeño como este. Probablemente estaba de paso y algo salió mal con su viaje. Hoy aquí, mañana ya no. La idea hace que se me retuerza el estómago. Necesitaré probarlo antes de que ella se vaya. Algo que estoy seguro no será fácil.

"Termina de colocar el motor. La tengo". La irritación en mi voz es clara cuando le ordeno que vuelva al trabajo. Quiero ser el primero en hablar con ella, pero veo que Joey se me adelantó cuando entro al frente de la oficina.

"¿Cuánto tiempo lleva haciendo ese sonido?" Pregunta Joey, sacando un bolígrafo de su cola de caballo negra oscura. Cuando su cabello capta la luz de cierta manera, casi parece azul.

"Bueno, yo estaba..." La duquesa rubia deja de hablar cuando finalmente se da cuenta de que me reuní con ellos en la oficina. Un ligero sonrojo golpea sus mejillas y hace que mi polla se sacuda. Doble mierda. Un maldito sonrojo hace que me duela la polla de necesidad.

Escucho a Joey dejar caer la libreta sobre el mostrador y miro para verla poner los ojos en blanco y regresar el bolígrafo a su cola de caballo.

"Estaba seguro de que sería Butch". Joey dice con una sonrisa en su rostro. Estoy segura de que pensó que sería Butch. Porque perseguir traseros no es algo que hago. Pero parece que esta pequeña duquesa me hace romper algunas reglas.

"Está ocupado y necesita tu ayuda". Es mentira. Butch puede terminar el trabajo por su cuenta, pero no necesito que Joey esté aquí hablando conmigo o aprovisionándose de cosas sobre las que pueda darme una mierda más tarde.

Ella resopla, pero sale por la puerta por la que acabo de entrar y nos deja a mí y a la duquesa solos.

Ambos simplemente nos miramos fijamente. Nunca he visto una mujer tan perfecta en mi vida. Hay algo en ella, en lo impecable que está, que me hace querer tirarla al suelo y follármela allí mismo. Estaría tan sucia cuando terminara con ella. La grasa de mis manos mancharía toda su ropa, su cabello estaría revuelto después de que entrara y saliera de ella, y su maquillaje estaría corrido. Podría mirarla y saber que hice eso. Que hice que esta pequeña y perfecta mujer se ensuciara para mí y a ella le encantaría, me rogaría que lo hiciera una y otra vez hasta que goteara mi semen.

Finalmente rompe el contacto visual y aparta esos ojos grises de los míos. Entonces me doy cuenta de que la estoy mirando como un cachorro enamorado. Me aclaro la garganta y voy al tema antes de correrme en mis pantalones pensando en todas las cosas que quiero hacerle.

"¿Tu viaje?" Mi voz sale más profunda de lo que pretendía mientras camino alrededor del mostrador. Necesito dejar un poco de espacio entre nosotros y tapar mi dura polla antes de asustarla.

"Oh, sí", dice, mordiéndose el labio. Quiero decirle que deje de hacer eso, pero simplemente apoyo mis brazos en el mostrador, esperando a que continúe. "Acabo de llegar a la ciudad y empezó a hacer un ruido sordo extraño".

Parece un conejo asustado, listo para salir corriendo en cualquier momento. Necesito retirarlo antes de hacerla correr. Si ella supiera las cosas en las que estaba pensando hace unos momentos, ya se habría ido hace mucho. Supongo que los hombres con los que ha estado fueron suaves y suaves con ella, algo que no estoy seguro de que pueda ser, pero diablos, si ella me lo pidiera, seguramente intentaría tenerla debajo de mí durante unos minutos. Pero no creo que unos minutos sean suficientes con alguien como ella. Apuesto a que probarlo pondría a un hombre de rodillas. No está acostumbrada a hablar con un mono sucio y grasiento como yo. No, en el club de campo le gustan más los trajes y las polos. La idea de que alguien más la toque hace que una neblina roja golpee mis ojos. No sabrían qué hacer con ella. Puede que ni siquiera sepa qué hacer con ella, pero moriría intentando dárselo. Una mujer como ella debería ser adorada y follada con regularidad.

"Probablemente sea solo tu cinturón de fans", digo finalmente, tratando de alejar mis pensamientos del deseo de follármela.

"¿Es eso una solución fácil? Tengo un montón de cosas que necesito hacer".

Me muerdo la lengua para no decir algo grosero. Estoy seguro de que la duquesa tiene un gran día de compras por delante y no quiere pasarlo en un garaje sucio con gente como yo. Extiendo la mano queriendo sus llaves y ella salta hacia atrás. Ella mira mis manos y me doy cuenta de que no son las más bonitas. Todavía están manchados de grasa del último coche en el que metí las manos. Muestran signos de trabajo manual, algo que probablemente nunca antes había hecho.

Apuesto a que su piel es suave y sedosa por todas partes. Sus manos alrededor de mi polla se sentirían mucho mejor que las mías, que es todo lo que mi polla ha estado recibiendo durante mucho tiempo. Tal vez es por eso que mi pene está pidiendo algo que no debería querer en este momento.

"Llaves", chasqueo, haciéndola saltar de nuevo. Me irrita que mi mano la haya rechazado y no puedo evitar el tono de mi voz. Miro hacia arriba y puedo ver que el pulso en su cuello comienza a acelerarse mientras mira hacia la puerta. Veo lo que está pensando, pero lo detengo.

"Solo compre en la ciudad, duquesa. Dame las llaves."

Sus ojos grises se endurecen ante el apodo y me lanza una mirada gélida. Mierda. Incluso eso me excita. Estoy empezando a pensar que no hay nada que ella pueda hacer para desanimarme. ¿Cómo puede alguien cabrearte y excitarte al mismo tiempo? No estoy seguro de cómo lo está haciendo, pero lo está.

Busca en su bolso, saca las llaves y me las arroja. Los atrapo en el aire, deseando que me los hubiera entregado. Podría haberle robado un toque y haber descubierto si es tan suave como parece.

"Vuelve en una hora y estará lista para partir". Señalo el portapapeles sobre el mostrador. "Ingresa tu nombre y número para que pueda llamarte si termino antes de que regreses".

Rápidamente anota su número antes de darse vuelta y salir de la tienda, dándome una linda vista de su trasero mientras sale pisando fuerte. Saco mi teléfono y miro hacia abajo para ver su número y nombre y me río cuando veo que se identificó como "Duquesa". Lo programo en mi teléfono antes de arrancar su número de la hoja y guardarlo en mi bolsillo. Odio la idea de que esté ahí para que cualquiera pueda acceder a él.

Llevo rápidamente su Carrera GT al taller y le cambio la correa del ventilador en un tiempo récord. Me gustaría decir que es porque sólo estoy tratando de hacer una mierda, pero me estaría mintiendo a mí mismo. Sólo la quiero de vuelta aquí. Todo el tiempo que estoy trabajando en su auto, me irrita la idea de que ella nunca me dé la hora del día. Soy una maldita broma para alguien como ella. ¿Por qué siquiera intentarlo?

Saco mi teléfono para llamarla, miro hacia arriba y veo que ya está parada en la oficina principal nuevamente. Esta vez la veo riéndose de algo que acaba de decir Butch, más cómoda con él que conmigo.

Voy a matarlo. Puede que sea un poco rudo, pero su cabello rubio y sus ojos azules siempre parecen atraer a las mujeres. Se limpia mejor de lo que yo parece ser capaz de hacerlo. Miro y veo a Joey tratando de contener la risa mientras mira entre mí y lo que está sucediendo en la oficina principal.

"Saca el maldito auto y deja las llaves en el mostrador cuando hayas terminado", le espeto, solo haciéndola reír más. Después de un segundo, levanta la mano y me extiende el dedo medio.

Cruzo el garaje pisando fuerte y abro la puerta un poco más fuerte de lo que pretendía. Me sorprende que la ventana de cristal de la puerta no se rompa cuando la puerta golpea la pared. El sonido hace que Duchess salte de nuevo. Mierda. Todo lo que parece hacer es hacerla saltar.

Butch simplemente se apoya contra el mostrador como si no le importara nada en el mundo, y la irritación hierve dentro de mí. Lo miro y pongo fin a la conversación que está teniendo. "Volver al trabajo. No te pago para que coquetees con los clientes".

La duquesa se sonroja ante mis palabras y parece avergonzada. Si por mí fuera con ella, ese rubor cubriría cada parte de su piel. Sí, como si tuvieras esa oportunidad, dice una voz en el fondo de mi mente. Las chicas como ella que rezuman clase no me dan ni la hora del día. No importa lo duro que trabaje o lo que tenga en mi banco, ellos simplemente piensan que son mejores que yo. Los tipos como ella quieren hombres con trajes rígidos y cenas de cinco estrellas. Conocí a un par de chicas como ella mientras crecía y aprendí a mantenerme alejada, y siempre lo he hecho, pero algo en ella me atrae.

Butch le guiña un ojo al salir, y eso me hace rechinar los dientes mientras él sale por la puerta abierta. Si le pusiera ambos ojos morados, no podría volver a guiñar el ojo durante un tiempo, pienso para mis adentros. Una vez que cruza la puerta, me acerco y la cierro de golpe. Intento recomponerme y hacer retroceder todas estas emociones extrañas. Respiro y trato de suavizar las cosas.

"Todo arreglado. Fue el cinturón", confirmo. "Sígueme a mi oficina y redactaré tu factura". Empiezo a caminar de regreso a mi oficina y siento que libero el aliento que estaba conteniendo cuando escucho el sonido de sus tacones siguiéndome. Miro las ventanas que bordean el garaje y veo a Joey y Butch mirando. Probablemente me pregunte por qué la llevo a mi oficina y no solo la miro en el frente. La quiero en mi espacio. Tal vez cuando estemos en mi pequeña oficina, finalmente pueda olerla.

Le hago un gesto para que se siente cuando llegamos a mi oficina y cierro la puerta detrás de ella. Luego golpeo las persianas de la ventana que da a la tienda para que nadie pueda vernos. Sólo ella y yo ahora.

Tomando asiento en mi escritorio, observo cómo juguetea con el borde de su vestido en su regazo. Su esmalte de uñas rosa está perfectamente hecho y, mientras veo sus dedos jugar con el borde, lo único en lo que puedo pensar es en levantarle el vestido para ver si sus bragas combinan.

Parece tan fuera de lugar aquí. Al igual que la mayor parte del taller, mi oficina es un maldito desastre. Nunca compré un escritorio ni unas sillas bonitas porque se mancharían en dos semanas. Todo está desgastado y viejo, así que no me preocupa que se estropee. El contraste entre ella y la habitación es otro recordatorio de que ella nunca estaría con alguien como yo. Incluso si me ganara la vida tan bien como un traje, todavía se trata de apariencias para personas como ella. Coincido con sus cuentas bancarias, pero estoy seguro de que no pertenezco.

"Fue una solución fácil". Le digo mientras empiezo a llenar el recibo. Debería haber roto algo más y asegurarme de que se quedara en la ciudad un poco más. "Pero no iría demasiado lejos por un tiempo". La mentira se me escapa fácilmente, pero no tengo un momento de culpa por ello. "Quédate cerca de la ciudad, quiero decir". Le levanto las cejas para evaluar su reacción.

"Oh, estoy en la ciudad por tiempo indefinido". La forma en que lo dice deja claro que no está contenta con eso. Ella no parece pertenecer a este lugar, ya que no hay mucho en este pequeño pueblo. Si quieres algo elegante, tienes que conducir dos horas hasta Denver.

"Es la una y veinticinco para el cinturón con mano de obra".

Sin dudarlo, mete la mano en su bolso y saca una tarjeta plateada American Express.

"No los aceptamos". No sé por qué, pero no le digo que aceptamos tarjetas, pero Amex no. La dejo sacar sus propias conclusiones.

"Es todo lo que tengo encima a menos que pueda ir a un cajero automático o algo muy rápido". Ella comienza a levantarse de la silla como si se fuera.

“Lo siento, no hay cajero automático y el banco está cerrado. Voy a cerrar la tienda por la noche, así que necesito que me paguen”. Vuelvo a mentir con la misma facilidad que antes. Se me siguen escapando, pero quiero volver a verla. Tal vez si puedo traerla de regreso aquí mañana, puedo idear un plan para atacarla, o al menos descubrir quién es y por qué está aquí. Todo el mundo lo sabe todo en un pueblo pequeño como éste.

Ella se deja caer en la silla. "Pero-"

La interrumpí. "Vuelve por la mañana con el dinero". Me levanto y camino hacia la puerta como si fuera a irme, pero ella me detiene.

“Necesito mi auto esta noche. Todavía tengo algunos recados que debo hacer. Tengo planes."

Me detengo en la puerta y me giro para mirarla. Ella todavía está sentada en la silla, mirándome. Sus ojos están suplicantes, como si estuviera tratando de hacerme estallar con un puchero en sus labios carnosos.

Mis ojos se mueven hacia su pecho y permanecen allí, y eso hace que su respiración se acelere. Me da una oportunidad y la voy a aprovechar. Vuelvo al frente de mi escritorio y siento mi trasero en el borde frente a ella, mis piernas casi tocan las de ella.

"Podrías pagarme con otra cosa". Mis ojos recorren su cuerpo y dejo que mi significado se aclare. No sé qué me hizo decirlo, pero las palabras salen de mi boca antes de que pueda retirarlas. Espero que se levante y me abofetee, o que salga furiosa de la oficina, pero simplemente se mueve un poco en su silla.

"¿Qué-qué haces..." Ni siquiera puede pronunciar las palabras y no la hago terminar porque estoy impaciente. Si ella no corre entonces voy a presionar un poco más.

"Levántate el vestido. Quiero ver tus bragas".

Su cara se pone roja, pero se agarra el dobladillo de la falda como si fuera a hacerlo. Pero en lugar de eso, simplemente lo amontona en sus manos y sus nudillos se ponen blancos. ¿Es ella realmente tan jodidamente tímida? Nadie que se parezca a ella, que vaya vestido así, es tímido. Es una duquesa rica que llega a un lugar como éste y lo pide. A la mierda, si quiere hacerse tímida, la ayudaré.

Inclinándome hacia adelante, la agarro por los brazos, su piel suave como la seda contra mis dedos. La atraigo hacia mí para que sus piernas queden a ambos lados de mis grandes muslos mientras permanezco sentada en el borde del escritorio. Ella deja escapar un chillido en respuesta, pero no hace ningún movimiento para detenerme. Interesante. No tenía idea de que esto sería tan fácil.

Agacho mi mano manchada y le levanto el vestido, dejando al descubierto unas bragas de satén blanco. Sus piernas están lo suficientemente abiertas como para que pueda ver una pequeña mancha húmeda.

Mierda.

Está excitada y ni siquiera le he hecho nada. La vista hace que mi polla empuje la cremallera de mis jeans y agradezco el dolor. Porque me impide correrme en mis pantalones.

"Espera", le digo, indicando que quiero que ella me sostenga el vestido. Necesito mi mano para esto.

"Pero te lo mostré. Ahora dame mis llaves".

"Eso fue por el cinturón, los materiales. La siguiente parte es para el trabajo". Me lamo los labios solo pensando en la siguiente parte. Dios, lo que daría por enterrar mi cara entre sus gruesos muslos y hacerla gritar mi nombre. Le haría decir quién se lo está dando. Que se está cogiendo al mecánico local. No un idiota de muy buen gusto con traje, que estoy seguro es a lo que está acostumbrada.

"No me acostaré contigo", espeta, y eso me hace apretar los dientes. A pesar de sus palabras, su vestido sigue amontonado en sus manos y ella se mantiene revelada ante mí. Está bien, duquesa. Finge todo lo que quieras. Jugaré si me consigue un poco de ti.

"Créeme, cuando te folle, rogarás por ello". Me agacho y paso los dedos por las suaves bragas, provocándola un poco. Siento la mancha húmeda contra mis dedos y necesito más. Utilizo dos dedos para tirarlos hacia un lado y sentir su coño desnudo. Sin maldito pelo. Apuesto a que se lo ha encerado. Pero me pregunto para quién. La idea me pone celosa y enojada, y no puedo contener el gruñido que sale de mi pecho.

Sus ojos se agrandan ante el sonido y tiro de las bragas, sacándolas del cuerpo. Quiero ver su coño desnudo por mí mismo y quiero marcarlo como mío. La idea es primitiva y bárbara, pero no me importa. Quiero este coño para mí. Sólo mío. Podría haberlo encerado para otra persona, pero estoy seguro de que voy a dejar mi marca en él.

"¿Qué estás haciendo?" Sus palabras salen sin aliento, pero no hace ningún movimiento para detenerme o dejar caer su vestido. De hecho, ella se inclina un poco más hacia mí. Ella dice una cosa, pero su cuerpo la traiciona.

Llevo la ropa interior a mi nariz, oliendo su dulce aroma, y dejo que llene mis pulmones, casi lo pierdo cuando siento la mancha húmeda contra mi cara. Sabiendo que no tengo mucho tiempo antes de perder mi carga de semen, dejo caer sus bragas sobre mi escritorio y libero mi polla de mis jeans.

"Ay dios mío. Estás-"

"Enorme", termino por ella. "Lo sé."

Agarrando una de sus caderas, la acerco a mí. Usando mi otra mano, guío mi polla hacia los labios de su coño. Se separan fácilmente para alcanzar la cabeza de mi polla y encuentro su pequeño y duro clítoris pidiendo atención.

"Oh Dios."

"Dios no, cariño. Paine", la corrijo mientras empiezo a mover la cabeza de mi polla hacia adelante y hacia atrás sobre su clítoris. Quiero rasgar la parte superior de su vestido y chuparle las grandes tetas, pero arruinaría el vestido y no quiero que ella salga de aquí con ellas en exhibición. Así que agarro su cadera un poco más fuerte, haciendo que mi mano permanezca en su lugar.

"¿Qué me estás haciendo?" Sus ojos parecen vidriosos, sus pupilas dilatadas. Está tan jodidamente excitada que el olor de su coño llena la habitación. Sus jugos cubren la cabeza de mi polla, mostrándome cuánto ella también quiere esto. Su cuerpo está pidiendo una polla.

Se necesita todo lo posible para no decir: "Jugando con tu coño, que ahora es mío". En lugar de eso, digo: "Cobrar la cuenta con tu coño".

Ella gime, deja caer la cabeza hacia atrás y su cabello roza mis dedos que agarran su cadera.

Se ve tan joven y pura, como si nunca antes hubiera conocido este tipo de placer. Mierda.

"Por favor, dime que eres legal", gruñí. No estoy seguro de poder alejarme si me dijera que es menor de edad. Quizás valga la pena pasar tiempo en prisión.

"Veintiuno", murmura, perdida en el placer. Gracias joder. No sé qué hubiera hecho. Estoy seguro de que no hay nada que pueda alejarla de mí en este momento.

"¿Te gusta este?" Pregunto, ganando velocidad, frotando su clítoris de un lado a otro con la cabeza de mi polla, deslizándome fácilmente a través de los jugosos labios de su coño. "Usas este coño para conseguir lo que quieras, ¿no? Apuesto a que tienes hombres a tu alcance. Las palabras me hacen parecer un imbécil y lo sé. Yo comencé esto, pero odio que ella me dejara tenerla tan fácilmente. ¿Hace esto con todos? ¿Es esto un juego para ella? Aquí estoy, cayendo sobre ella y esto podría no significar nada para ella, pero tal vez ella piense lo mismo de mí. Ella no tiene idea de que no me enamoro de las mujeres. Demonios, hace años que ni siquiera pienso en una mujer. Demasiado ocupado trabajando en mi tienda. Hasta ella.

Aparto los pensamientos porque no voy a arruinar esto por mí mismo. Voy a disfrutar de esta perfección que tengo en mis manos mientras la tenga.

"Que te jodan". Ella dice las palabras enojada mientras intenta mover las caderas. Está muy enojada pero quiere hacerme ir más rápido. La aprieto aún más para que no pueda tomar lo que quiere. Seguramente mañana tendrá marcas allí por la forma en que la estoy abrazando.

Puedo decir que está a punto de correrse, con su cuerpo tenso. Yo también estoy muy cerca, pero estoy controlando esto. Ella ya tiene demasiado control sobre mí; Al menos entiendo esto.

"Pronto te estaré follando, duquesa. Me llevarás dentro de tu pequeño coño hasta llenarte con cada gota de semen que tengo. Luego lo haré una y otra vez hasta que me ruegues que pare".

"¡Dolor!" Ella grita mi nombre y se corre ante mis sucias palabras. Probablemente nunca le hayan hablado así, y me encanta.

Me dejé correr con ella, liberando el semen que se había estado acumulando en mis pelotas desde que ella entró en mi tienda. Mi semen cubre su clítoris, sus labios vaginales y sus muslos. Me corro más fuerte que nunca en toda mi vida. Me corro tan fuerte que veo estrellas. La intensidad me sacude hasta la médula. Es algo que nunca antes había sentido y una calidez llena mi pecho.

Cuando finalmente vuelvo a la tierra, ella se baja la falda y se aleja de mí.

"Duquesa", digo, alcanzándola y queriendo tocar sus labios con los míos. Finalmente quiero probarla. Tenía que haber sentido lo que acaba de pasar aquí. Fue un cambio de vida. Hay algo entre nosotros, pero ella esquiva mi mano y corre hacia la puerta.

Me toma un minuto volver a meter mi polla todavía dura en mis jeans antes de correr tras ella. Cuando llego al frente de la tienda, veo su auto arrancar y el chirrido de neumáticos llena mis oídos.

“¿Cómo consiguió las llaves?” Miro y veo a Joey parado detrás del mostrador. Le lanzo una mirada dura y ella levanta las manos en defensa.

“Estaban sentados aquí mismo. Pensé que estaba lista para irse”. Ella levanta una ceja en pregunta, pero no le respondo.

Joder, ni siquiera sé su nombre.

# Capitulo 2

Penélope

"¡Hagamos un tiro!" grita mi prima Lizzy mientras salta de nuestra mesa y comienza a bailar de espaldas hacia la barra. Su cabello castaño y rizado rebota con sus pasos y casi choca con dos personas en el camino. Su paseo lunar deja claro que no necesita otra copa, pero yo sí.

Mi cuerpo todavía está zumbando por el orgasmo que Paine me dio hace horas y necesito algo para aliviarme. Si así son realmente los orgasmos, me lo he estado perdiendo. Estoy empezando a pensar que los que me he estado dando no son orgasmos en absoluto. Cuando Paine me tocó, fue como si mi cuerpo cobrara vida por primera vez.

Todavía no puedo creer que haya hecho eso. Lo apunto como una última cosa sucia que hice antes de casarme la próxima semana. Supongo que Scott nunca me hablaría como lo hizo Paine hoy. Sé con certeza que él no obtiene la respuesta de mi cuerpo que obtiene Paine.

Sigo a Lizzy al bar, necesito otra oportunidad para poder olvidarme de mis inminentes nupcias con un hombre al que he visto varias veces. La única vez que hablo con él es cuando intento comunicarme con mi padre. Ni siquiera he abrazado al chico. Me quedé tan sorprendido como todos los demás cuando recibí la invitación de boda por correo. Una invitación a una boda que ni siquiera sabía que iba a ocurrir hasta hace dos semanas. Aparentemente, justo después de graduarme de la universidad me iba a casar. Me alegro de haber recibido la invitación; de lo contrario, es posible que no lo hubiera sabido.

Había planeado venir a la ciudad y decirle a mi padre que me casaría con su abogado por mi cadáver, pero me desanimaron rápidamente cuando me informó que si no hacía lo que me ordenaba, me interrumpiría. de ver a mi abuela. Acabo de graduarme en administración de empresas y ya no lo necesito ni a él ni a su dinero. Puedo conseguir un trabajo y hacer mi propia vida, pero decirme que nunca más me dejará ver a mi abuela postrada en cama fue suficiente para que hiciera lo que él quisiera. Fue el clavo en el ataúd de mi boda.

Mi abuela es todo lo que tengo. No tengo idea de cómo lo soporta, pero no tiene a nadie más en quien confiar. Como nunca conocí a mi madre, me aferré a ella mientras crecía. Ella era la única suavidad en mi vida. Mi padre simplemente me trata como un objeto que puede utilizar para avanzar en su carrera política. Me enviaron a un internado a la edad de ocho años, donde permanecí hasta que me gradué de la escuela secundaria y entré directamente a la universidad. Ambas eran escuelas exclusivamente para niñas. Mi madre murió al dar a luz, así que mi abuela intervino lo mejor que pudo. Sin embargo, mi padre tuvo la última palabra y utilizó mi necesidad de una buena educación como motivo para despedirme. Afortunadamente, tenía las cartas de mi abuela para hacerme compañía y, en cualquier día festivo que tenía, ella venía a visitarme y me decía que no necesitaba volver a casa. Creo que ella sabía incluso entonces que él tenía todo el poder sobre mí y, a medida que ella creció y su salud comenzó a fallar, ahora él tiene poder sobre ella. Los dos intentamos aferrarnos el uno al otro mientras alguien más toma las decisiones.

Quizás por eso tuve mi reacción hacia Paine. Nunca había conocido a un hombre como él. Tiene poder dentro de él, pero no parecía que quisiera controlarme. No, parecía mucho más que eso. Sentí como si Paine quisiera devorarme. Quería consumir mi cuerpo, pero en su presencia sentí que tenía el dominio. Rezumaba sexo y masculinidad, y despertó algo dentro de mí que ni siquiera sabía que estaba allí.

"Dos tragos de limón, por favor", le dice Lizzy al camarero, y él le mira como si ¿en serio? ¿Qué esperaba ella? El bar está desgastado, con mesas de billar viejas, dianas y un piso de madera que ha tenido mejores días. Me gusta, aunque. Va con el pueblo. El lugar se siente hogareño, como si todos se conocieran. Lamentablemente, no conozco a nadie aquí y crecí en el pueblo. Bueno, técnicamente era la dirección de mi casa, pero nunca estuve aquí. Siempre estaba en la escuela o en algún tipo de programa de verano. Cuando volví a casa, pasaba todo el tiempo con mi abuela en la finca familiar. Mi padre ahora vive en la mansión del alcalde y, curiosamente, nunca he estado dentro de ella. Aunque lo voy a ver pronto porque me caso allí la semana que viene. Tengo que contener la mirada ante mis propios pensamientos.

"Dos tragos de vodka estarán bien", digo finalmente, viendo que ninguno de los dos se va a mover. "Cualquier tipo de vodka que tengas está bien". El camarero llena dos vasos de chupito y los desliza por la barra hacia nosotros.

"Ni siquiera los enfrió". Lizzy mira el vodka como si fuera a morderla. No la culpo, pero a estas alturas simplemente no me importa. Tomaría una foto de cualquier cosa. "Te dije que deberíamos haber ido a casa de DeDe". Ella hace pucheros porque no va al lindo bar de la ciudad, pero yo quería venir aquí porque es diferente a los lugares a los que normalmente voy. Últimamente me encuentro con muchas ganas de ser diferente.

"Simplemente hazlo rápido". Agarro uno de los tiros y lo disparo. El ardor del vodka barato me da vergüenza, pero por alguna razón sonrío.

Lizzy tose y luego agarra la cerveza del hombre que está a nuestro lado para usarla como perseguidora. Ella es cómica al respecto y le da al extraño la oportunidad de hablar con nosotros. "¿Puedo comprarles otro, señoras? Es lo mínimo que puedo hacer por la futura novia".

Ajusto la estúpida faja que llevo. Lizzy y Deb me exigieron que me pusiera la banda rosa adornada con "Futura novia" en letras rosas. El chico es atractivo, pero no tan atractivo como Paine. El pensamiento hace que mi mente vuelva a Paine. Su cuerpo grueso y musculoso se inclina cerca del mío. Su enorme mano en mi cintura mientras me mantiene en su lugar. Su pelo rubio oscuro, desgreñado y su barba desaliñada le daban un aspecto salvaje. Su cintura era esbelta, exagerando sus anchos hombros, y esos brazos parecían como si pudiera levantar diez de mí. Parecía como si hubiera dirigido un club de motociclistas en uno de esos programas de televisión. Apuesto a que incluso conduce uno. Dios, ¿cómo se sentiría estar en la parte trasera de su bicicleta? Aprieto mis muslos mientras recuerdo su polla larga y gruesa. Pienso en las vibraciones de una motocicleta y en tenerlo así entre mí, y es suficiente para que me empape las bragas de nuevo. Sólo pensar en Paine me pone más caliente que nunca en mi vida, y lo único en lo que puedo pensar es en sus manos sucias sobre mí.

"¡Disparo! ¡Disparo! ¡Disparo! ¡Disparo!" Escucho a las otras chicas de nuestra mesa comenzar a cantar, y eso aleja mis pensamientos de Paine. Realmente desearía que Lizzy no hubiera organizado esta pequeña despedida de soltera, pero ella no tiene idea de que yo no deseo casarme. Somos primos lejanos, no muy cercanos, y en realidad solo hemos pasado algunas vacaciones juntos a lo largo de los años. Entre eso y algunos correos electrónicos aleatorios, ella no sabe lo que realmente está pasando.

No tenía idea de que ella tenía algo planeado, pero cuando me dijo que íbamos a salir, después del día que había tenido, simplemente seguí adelante. Ahora llevo esta estúpida faja y corona, y no sé cómo podría empeorar mi noche. Al menos los convencí de que vinieran a Smokey's esta noche en lugar de a otro lugar. Sólo necesito un bar con mucho alcohol, y este es el lugar perfecto.

Tomamos la siguiente ronda de tragos que nos compró el chico que está al lado de Lizzy, y tengo que prometerle que le guardaré un baile cuando empiece la música. Todas charlamos y bebemos un rato hasta que el bar finalmente se llena de música y todas las chicas saltamos. Nos dirigimos a la pequeña pista de baile improvisada mientras la banda de la casa empieza a tocar. Me siento bien por el alcohol y muevo mis caderas, cierro los ojos y disfruto de la música.

"Mierda. Paine está aquí". Ante las palabras de Lizzy, mis ojos se abren de golpe. "Dios, es tan jodidamente sexy". ¿Conoce a Paine? Por supuesto que sí. Ella creció aquí y, al parecer, todo el mundo se conoce. Se necesita todo lo que hay en mí para no girarme y mirarlo, así que sostengo mi bebida y me concentro en el escenario. Me miro a mí mismo y eso me hace maldecir. Mierda. La faja. Lizzy mira descaradamente, sin una pizca de vergüenza. "Dios mío, viene hacia aquí. Maldita sea, Penélope, parece enojado.

# Capítulo 3

dolor

Entro en Smokey's y me dirijo a la barra. Está sorprendentemente ocupado teniendo en cuenta que este agujero en la pared suele estar medio vacío. Después del día que he tenido, necesito un trago. Me acerco a mi taburete habitual y Jake, uno de los camareros, se acerca con mi cerveza habitual. Decir que soy una criatura de hábitos es quedarse corto. Me gusta mi pedido y me gusta que las cosas sean simples. Pero la pequeña duquesa entró hoy en la tienda y sacudió todo mi mundo. Necesito tomar una copa y tratar de olvidarme de ella, algo que no he podido hacer desde que ella entró en mi vida.

Butch y Joey están detrás de mí, y Jake les desliza su habitual forma. Agarro el mío y asiento en agradecimiento, pero él se para frente a mí, sin ir a ninguna parte. Cuando levanto una ceja en cuestión, se inclina sobre la barra como si tuviera un secreto para mí. ¿Qué demonios? ¿Estamos en sexto grado?

"Hay una despedida de soltera aquí esta noche si están buscando algo de acción".

Puedo sentir los ojos de Joey poner los ojos en blanco a mi lado, mientras Butch se inclina un poco más cerca. Yo, por otro lado, no tengo ningún interés en echar un polvo esta noche. He tenido suficientes problemas con el coño hoy como para que me duren un tiempo.

Una imagen del coño de mi pequeña duquesa aparece en mi mente y mi polla se contrae. Lo que no daría por haber deslizado mi gruesa polla dentro de ese estrecho agujero. Apuesto a que lo habría chupado sólo por los espasmos de su orgasmo. Sacudo la cabeza y tomo un trago de mi cerveza, con la esperanza de borrar esos pensamientos.

"Muéstrame la dirección correcta, Jake. Sabes que siempre estoy buscando algo nuevo en esta ciudad". Butch se sienta y mira por encima de la multitud mientras Jake señala hacia la pista de baile. La curiosidad se apodera de mí y mis ojos siguen el dedo que señala Jake. De repente, Butch se ríe y me mira. "Parece que esa chica rica con el Porsche es la futura novia".

Agarro la botella de cerveza con tanta fuerza que me sorprende que no se rompa. Todo en mi visión se vuelve rojo y, de repente, me quitan la cerveza de la mano. Miro y veo que Joey me lo ha quitado y ella me está mirando.

"Se lo guardaré, jefe", dice, y señala con la cabeza hacia la pista de baile.

No digo una palabra mientras me levanto y empiezo a caminar hacia una multitud de chicas. Probablemente hay una docena de ellos, todos en distintos estados de embriaguez. Veo a Lizzy Eastman parada justo frente a lo que parece la nuca de mi duquesa. Ella se ha alejado de mí y Lizzy está parada frente a ella, casi como si la estuviera bloqueando.

"¡Oye, Paine! Es tan bueno ver tu cuerpo, quiero decir, tú". Lizzy resopla mientras arrastra las palabras y me preocupa un poco cómo llegará a casa. No somos mejores amigas, pero sé su nombre y la he visto crecer por aquí. Este es un pueblo pequeño, así que incluso si nunca nos han presentado, sabemos quién es el otro.

"Tengo este, jefe", dice Butch, tocando mi hombro y acercándose a mi lado. "¿Qué pasa, Lizzy? Muéstrame algunos de esos movimientos de baile". Butch toma su mano y Lizzy lo sigue hasta el otro lado. Puede que Butch diga muchas tonterías, pero en el fondo es un buen tipo y sé que se asegurará de que ella esté a salvo.

Sigo parada en el mismo lugar y la pequeña duquesa no se ha movido ni un centímetro. Está tensa por la tensión y de espaldas a mí. Es como si pensara que si no se da vuelta, en realidad yo no estoy aquí.

"¿Cuándo es el gran día?"

Veo que sus hombros se desinflan un poco y se gira hacia mí. Ella me mira de arriba abajo y se lame los labios, y necesito todo lo que tengo para no besarla aquí y ahora. Esos labios gruesos parecen estar rogando por una polla, y quiero ayudarla con esa necesidad.

"¿Me vas a responder, duquesa?" Intento mantener la ira fuera de mi voz, pero no creo que esté funcionando.

Ella mira a su alrededor y luego se muerde el labio, una vez más haciéndome querer meterle la polla en la boca. Finalmente vuelve a mirarme a los ojos. "La próxima semana." Las palabras apenas se susurran, pero las escucho por encima de la música.

¿Por qué sus palabras se sienten como un disparo en el corazón? ¿Como si hubiera perdido algo que nunca tuve? Necesito ordenar mis cosas. Obviamente, esta pequeña niña rica sólo quería jugar con un chico del lado equivocado antes de casarse. Ten una última aventura. Bueno, le daré algo para recordar antes de que diga "Sí, quiero". Me digo esto, pero es mentira. La quiero yo mismo.

Agarrándola por el brazo, empiezo a arrastrarla hacia el fondo de la barra. Solo siento una ligera protesta, pero ella rápidamente sigue mi ritmo y viene de buena gana. La llevo por el largo pasillo que conduce a un callejón trasero, pero en lugar de salir, abro la puerta del almacén trasero y la llevo adentro. Solo hay una bombilla en lo alto, y una vez que la enciendo, cierro la puerta detrás de nosotros y la pongo con llave. La habitación está llena de artículos de limpieza, un balde y una fregona. Es una habitación pequeña y sucia y casi perfecta para lo que quiero de ella.

Me vuelvo para mirar a mi duquesa y veo que sus ojos están un poco muy abiertos por el miedo. "¿Qué quieres, Paine?"

"Quiero que te dejes esa corona mientras me la chupas". Mis palabras son sucias y arrogantes, pero no me importa. Ella quiere estar agotada y tener una aventura, voy a conseguir lo que pueda. No importa lo que me diga mi corazón. Lo ignoraré por ahora.

Su pequeña lengua sale y se lame los labios, como si se estuviera preparando, pero niega con la cabeza. Dejé escapar una breve carcajada y llené su espacio personal.

"¿Estás tratando de decirme que no? Parece que hoy tampoco pudiste encontrar esa palabra, duquesa". Me desabrocho el cinturón y luego los jeans. Mantengo contacto visual con ella mientras meto la mano en mis calzoncillos y saco mi polla dura. Lo rodeo con mi gran mano y lo acaricio unas cuantas veces. "Si quieres ensuciarte con un hombre del lado equivocado de la ciudad antes de casarte, entonces será mejor que te arrodilles y lo hagas, duquesa". Necesito esos labios jugosos rodeando mi polla.

"No es así", dice, lamiéndose los labios de nuevo y mirándonos a nosotros. Sus ojos se agrandan cuando ve lo grande que soy, y siento mi polla sonreír cuando comienza a estirarse hacia ella. Antes de hacer contacto, me mira vacilante. Tuvo que haber hecho esto muchas veces, así que no sé por qué está nerviosa. Necesita arrodillarse y abrirse. Estoy jodidamente cachondo por su culpa y ella necesita arreglarlo.

Pensar en ella con otros hombres me pone tan jodidamente celoso. Nunca antes había sentido este tipo de ira cruda y me está volviendo loca. Normalmente, soy un tipo relajado que no se deja atrapar por las mujeres, pero al ver esta cosita, mi pene me guía. La vista de su fajín y las palabras "Futura novia" escritas en él me enojan aún más.

Extiendo la mano y rápidamente agarro su muñeca. "Huiste tan rápido de mí antes que no entendí tu nombre. ¿Por qué no usas esa pequeña y dulce lengua tuya para deletrearlo en mi polla?

Su boca se abre en shock, pero veo sus pupilas dilatarse, el gris se oscurece mientras un escalofrío recorre su espalda. Puede luchar contra ello todo lo que quiera, pero le encanta hablar sucio. Si esto es todo lo que puedo tener de ella, lo tomaré y me ocuparé de las consecuencias más tarde. Tengo que correrme antes de que me exploten las pelotas, y todo esto es culpa suya. Es hora de que ella pague.

Lentamente, ella asiente con la cabeza y pasa sus manos por mi pecho y estómago, haciéndome odiar mi camisa mientras baja por mi cuerpo y se arrodilla frente a mí. Le extiendo mi polla y observo cómo ella extiende la mano y la toma de mis manos temblorosas. Siento un temblor recorrer mi cuerpo al mismo tiempo, y no sé por qué reacciono ante ella de la manera que lo hago. No tengo ningún control sobre mi necesidad y es enloquecedor.

"Abre, duquesa. Quiero que te ganes esa corona que llevas". Ella abre la boca y yo me agacho, agarrando su suave cabello rubio con ambas manos. Ella me mira a través de sus largas pestañas negras justo cuando la punta de mi polla toca sus labios. "Y cuando me saques, quiero que bebas mi semen para que cuando vuelvas con ese imbécil con el que te vas a casar, me tengas en tu barriga".

Una perla blanca de semen cae al final de mi polla y cae sobre su labio inferior. Ella lo lame, siento su cálida lengua contra mi polla y hace aparecer otra perla blanca. Ella mueve la punta de su lengua en el agujero de mi polla como si estuviera tratando de obtener todo el sabor que puede. Cuando veo un poco de semen cubrir su lengua, ella cierra los ojos y gime ante mi sabor. Al verlo, casi lo pierdo. "Joder", gimo, cerrando los ojos con fuerza y tratando de pensar en el béisbol. No quiero que esto termine todavía. Jesús, no quiero que esto termine nunca.

De repente, siento su cálida boca abierta sobre mi polla y me chupa hasta el fondo de su garganta. Miro hacia abajo y la vista me hace agarrar su cabello con más fuerza. Siento su lengua lamiendo la parte inferior de mi polla y me masajea más semen. La vena gruesa que se encuentra debajo está pulsando, y sé que está recibiendo una gota espesa tras otra en su boca. Me excita pensar en mí dentro de ella y tenerla de rodillas frente a mí me da poder.

"Maldita sea, duquesa. Das tan buena mamada. Creo que podrías chuparme el alma de mi polla". La siento reírse alrededor de mi polla y la sensación va directo a mis pelotas. Tiene una boca hecha para follar y empiezo a mover un poco las caderas mientras le sostengo el pelo. Entro y salgo de su boca y ella simplemente se arrodilla allí, tomándolo.

Sus manos suben para acariciar la longitud de mi polla que no puede meter en su boca, y me agarra allí, frotando hacia arriba y hacia abajo mientras sigo con mis embestidas superficiales, con la boca abierta y tomando lo que le doy. Quiero que esto dure para siempre, pero su boca es demasiado dulce. Hace demasiado calor y es demasiado bueno, y no aguantaré mucho más. Puedo sentir su excitación mientras me lame y puedo ver su cuerpo moviéndose a su propio ritmo. Esto la excita y saberlo me lleva al límite. Rápido.

Ella gime a mi alrededor y casi se marea mientras me chupa la polla. A ella le encanta y no puedo aguantar. "Me voy a volver loco, cariño. ¿Lo quieres en tu boca o en tu cara?

Ella retrocede sólo un segundo y dice: "Boca", mientras recupera el aliento y vuelve a mi polla. Ella chupa más fuerte y más profundamente, y es tan bueno. Quiero cerrar los ojos, pero no puedo soportar la idea de perderme ni un segundo de esto.

Justo antes de soltarme, veo una de sus manos moverse desde la base de mi polla y pasar entre sus piernas y subir por su vestido. El hecho de que ella esté tocando su coño mientras chupa mi semen es todo lo que necesito para enviarme. Agarro su cabello alrededor de su corona nupcial y la atraigo hacia mi polla mientras me corro profundamente en su garganta. La siento tragar alrededor de la cabeza de mi polla y apenas puedo mantenerme de pie mientras ella toma cada gota de mí.

Observo cómo la mano entre sus piernas se acelera y su cuerpo se tensa al mismo tiempo que el mío. Jesucristo, ella acaba de correrse mientras me chupaba la polla. Maldita sea, desearía poder saborear ese orgasmo. Quiero tenerla en el suelo y sesenta y nueve con ella. Si se corre solo por chuparme la polla, imagina lo que haría si yo le estuviera comiendo el coño al mismo tiempo.

Después de bajar del espacio exterior, toco suavemente su cabello y acaricio su mejilla con mi pulgar. Me siento muy protectora con ella y ahora mismo sólo quiero tomarla en mis brazos y llevármela a casa conmigo. Nos miramos a los ojos y algo pasa entre nosotros. Es como si estuviera leyendo mi mente y pidiéndome que me la lleve.

Abro la boca para pedirle que venga conmigo. Podría llevarla a casa y nunca dejarla irse, sería mía para siempre, pero de repente se oye un fuerte golpe al otro lado de la puerta. El hechizo se rompe y ella se pone de pie en un instante. Rápidamente meto mi polla dentro de mis jeans y me doy la vuelta, abriendo la puerta.

"¡Ahí tienes!" Lizzy canta y veo a Butch corriendo detrás de ella, levantando las manos en señal de disculpa. "Te he estado buscando desde siempre. Tenemos que irnos. Una de las hermanas de tu hermandad: Mindy, Wendy, Cindy, no recuerdo su nombre. De todos modos, le vomitó al baterista y tenemos que irnos. La limusina está a punto de partir. Adiós Paine. Siempre es agradable ver tu cuerpo, quiero decir, tú. Lizzy extiende la mano y agarra la muñeca de mi duquesa, alejándola de mí.

Justo antes de que pueda extender la mano y atraerla hacia mí, ella cruza la puerta. Doy un paso y ella se vuelve hacia mí, gritando por encima de la música.

"Penélope. Estaba deletreando Penélope.

# Capítulo 4

dolor

"Penélope", murmuro para mis adentros, tomando otro trago de mi cerveza.

"Si dices esa palabra una vez más, te derribaré de ese maldito taburete", dice Joey, dejando caer su vaso de chupito sobre la barra. Parece que no soy el único que intenta ahogar mis penas, pero estoy medio fracasando porque esta es sólo mi segunda cerveza. Quizás debería pasarme a las cosas difíciles como Joey. Parece estar en camino de no recordar la noche.

No puedo creer que la dejé escapar de aquí. Probablemente regresará a casa con su prometido. Debería haber dejado claro que no había más maldito prometido en su vida. Puede que ella fuera suya ayer, pero era mía esta noche. Cubrí su coño y su boca con mi semen y la marqué como mi territorio. Ella no lo sabe, pero ahora es mía. Cuanto antes lo acepte, mejor.

Joder, ni siquiera sé su apellido. Todos los que pregunté en el bar no tienen idea de quién es ella. Mierda. Paso mi mano por mi cabello desgreñado, tratando de liberar algo de la tensión. Ni siquiera hace diez horas que conozco a esta chica y estoy jodido. Ella me tiene retorcido como nunca antes, y fue tan fuerte y rápido que no pude detenerlo.

"La cagué", le digo a Joey, mirándola juguetear con el papel de su botella de cerveza, sacándola y volviéndola a poner.

"Sí, lo hiciste. Fuiste tras algo que no puedes tener y no deberías querer", dice, sus ojos verde oscuro se acercan a los míos. Algo parecido a la comprensión brilla en ellos. Me pregunto si está hablando más de ella misma que de mí. No quise decir que la cagué por estar con mi pequeña duquesa, quise decir que la jodí al dejarla escapar entre mis dedos esta noche. No me gusta la sensación de no saber dónde está. No me sienta bien.

"Buenas noches, sheriff. ¿Qué puedo hacer por ti esta noche? dice el camarero. Esto atrae mis ojos hacia el espejo detrás de la barra, y veo al sheriff parado a cinco pies de distancia de Joey y de mí. Joey se estremece y la veo agarrar con fuerza el vaso de chupito vacío que tiene en la mano.

Bueno, ¿no es tan interesante? Espero que no sea lo que creo que es. Todavía no estoy seguro de lo que siento por el sheriff Law Anderson, el hijo del alcalde. El alcalde llamó a su hijo Law, como si supiera que algún día lo usaría, que es lo que me preocupa de él. Cualquiera que esté bajo el control del alcalde Anderson es alguien a quien hay que vigilar.

Había oído que era un gran detective en Chicago hasta que papá Mayor lo obligó a regresar a casa. Y dos coma cinco segundos después tenía un sheriff en el bolsillo trasero. Law no es el tipo que pensé que elegiría Joey, o viceversa. Joey tiene el pelo negro azabache, tan oscuro que es casi azul. A veces le pone colores salvajes que combinan con los tatuajes que tiene en los hombros y la espalda. Siempre usa jeans, botas y camisetas simples, y nunca tiene rastro de maquillaje ni nada femenino. Supongo que siempre pensé que elegiría a algún motociclista tatuado, o tal vez a una motociclista tatuada. No le hago muchas preguntas. Pero nunca pensé que ella elegiría al buen chico de al lado como Law Anderson.

"Solo comprobando las cosas", responde, pero sus ojos permanecen en la espalda de Joey. Ella finge que él no está allí. Hasta que le habla. "¿Cómo estás, Josephine?"

¿Josefina? Fóllame. Esto no es bueno. Espero que ella se levante y se enfrente a Law, pero ella simplemente levanta la mano y le señala con el dedo. Ella todavía no se ha dado vuelta y se niega a mirarlo a los ojos en el espejo.

"Josephine, dulces, no..."

"Dulces..." Intento decir algo, pero ella nos interrumpe a ambos.

"¿Qué carajo estás haciendo aquí, Anderson? Estoy bastante seguro de que acechar es ilegal".

Observo cómo se mueve la mandíbula del Sheriff. El bar se ha vuelto inquietantemente silencioso ahora porque todos están observando lo que está sucediendo. Parece incomodar al Sheriff, hasta que rompe el silencio.

"Jake, ¿mi hermana está por aquí? Pensé que habían venido aquí esta noche", dice Law, mirando al camarero.

"¿Ella con esa despedida de soltera?"

"Esos habrían sido ellos". Si la hermana de Law estuvo en la despedida de soltera, me doy cuenta de que podría tener una manera de descubrir quién es mi Penélope. Empiezo a hablar, pero sus siguientes palabras me impactaron con fuerza. "Ella es la soltera".

De repente todo encaja en su lugar.

Un recuerdo lejano de la hija del alcalde regresando de la universidad para casarse con su abogado, Scott Winstead, me hace apretar los dientes con tanta fuerza que me sorprende que no se rompan. Scott y yo regresamos y la historia no es jodidamente buena. El tipo es un bastardo engreído que cree que su mierda no apesta y es tan corrupto como el alcalde. Dos guisantes en una maldita vaina, esos dos lo son.

Al menos ahora sé dónde encontrarla. Ella está en la casa del alcalde o en su antigua propiedad familiar. Si ella está en la maldita casa de Scott, quemaré el lugar hasta los cimientos con Scott todavía dentro.

"Se fueron de aquí hace unas dos horas", dice Jake, sirviéndole al viejo Jim al final de la barra otro vaso de whisky barato.

"Está bien, estaba registrándome antes de regresar a casa para pasar la noche".

Joey resopla ante sus palabras como si no le creyera. Ella murmura algo que no entiendo, pero antes de que pueda preguntar, Law le habla.

"Josephine, ¿puedo hablar contigo afuera?" Se mueve hacia adelante y hacia atrás, luciendo nervioso. Demonios, yo también estaría nerviosa si siguiera llamando a Joey "Josephine", pero él lo dice como si siempre lo hubiera hecho. Los dos no pueden tener mucha historia porque Joey solo lleva aquí poco más de un año.

"¿Quién pregunta?" Le hace un gesto a Sam para que sirva otro trago. "¿El Sheriff o la Ley?"

"Te lo pregunto, dulces".

"Entonces la respuesta es no. Además, no te gusta que te vean conmigo en público". Ella se encoge de hombros como si le importara una mierda, pero por lo tensa que está puedo decir que es un acto.

"Eso no es jodidamente cierto y lo sabes". Law da un paso hacia ella, pero Joey devuelve el tiro y salta del taburete con un pequeño tambaleo en su paso. Tanto Law como yo nos movemos al mismo tiempo para asegurarnos de que ella no se caiga.

"No la toques", me gruñe Law, acercándola hacia él en un agarre posesivo.

Normalmente, le diría que se fuera a la mierda, pero Joey puede defenderse y no quiero empezar una mierda con el hermano de Penélope. Ya tengo una pelea por delante y no quiero echar más leña al fuego todavía. Quiero mantener mis cartas lo más cerca posible de mi pecho.

Tal como pensaba, Joey empuja el pecho de Law y lo hace dar un paso atrás de ella. Joey es pequeña, apenas le llega al pecho a Law, pero sabe cómo defenderse.

"Tu hiciste tu decisión. Ahora vive con ello". Ella intenta pasar a su lado, pero él la agarra del brazo y ella le lanza una mirada que mataría a un hombre menor.

"Estás demasiado borracho para conducir". Sus palabras son suaves y llenas de preocupación.

Ella ni siquiera le responde. Joey simplemente grita el nombre de Butch. Está en una de las mesas de billar, pero cuando la oye llamarlo, se acerca.

"Butch me tiene", dice, y su voz es un poco engreída.

Law vuelve a apretar la mandíbula, pero ¿qué puede decir realmente? Si sabe algo sobre Joey, sabe que ella comparte casa con Butch. Era amigo de sus hermanos y fue la razón por la que Joey se mudó aquí. Ella se ha estado quedando en su casa desde que llegó aquí, pero hasta donde yo sé, no ha pasado nada entre ellos. Pero repito, no hago muchas preguntas.

"Levanta tu teléfono", dice Law, pero Joey no lo acepta.

"Vete a la mierda." Con eso, ella se fue y salió del bar. Butch me lanza una mirada de "¿qué carajo?" antes de seguirla afuera, dejando al Sheriff ahí parado, luciendo como un cachorro pateado. No estoy tan seguro de que pueda manejar a Joey. Puede que sea pequeña, pero lo compensa con actitud y voluntad de hierro.

"Estás perdido", le digo, finalmente volviéndome para mirarlo de frente.

"Mientras esté en algún lugar con ella, lo aceptaré". Con eso, sigue a Joey y Butch.

Sacudiendo la cabeza, tomo nuestras pestañas y las cierro, agradecida de no haberme dejado emborrachar como quería. No, necesito asegurarme de que mi dulce Penélope esté arropada en su propia cama para pasar la noche. Solo. Una vez que lo solucione, tal vez pueda empezar a pensar en una manera de salir de esta tormenta de mierda en la que parece que me he metido.

Esta mañana me desperté sin ninguna preocupación en el mundo y ahora no sé qué está arriba o abajo. Ahora me está haciendo entender lo que decía el Sheriff. Preferiría estar en este lío con Penélope que no tener a Penélope en absoluto.

Mientras me dirijo a mi motocicleta, me subo y paso primero por la casa del alcalde. Cuando no veo ningún coche ni señales de que haya nadie en casa, me dirijo hacia la antigua finca de Anderson. No puedo creer que la familia de Penélope haya vivido en el mismo pueblo que yo todos estos años y nunca la haya visto antes. Es imposible que no hubiera recordado a una chica caminando por esta ciudad con cabello y ojos como los de ella, sin importar la edad. Demonios, yo tampoco había conocido a Law hasta que regresó para postularse para sheriff. Su padre debió haberlos enviado a escuelas privadas toda su vida. Probablemente no quería que vieran la mierda que hace.

Estoy seguro de que quería ocultar el hecho de que se folla a todo lo que se mueve. Mayor tiene mala reputación por no poder mantenerlo en sus pantalones, a pesar de que está casado con una mujer que de ninguna manera puede ser la madre de Penélope. A menos que la tuviera a las cinco. También he oído que a él también le gustan las pastillas, pero por lo que sé, eso podría ser simplemente un chisme de un pueblo pequeño. La mierda se extiende como la pólvora por aquí.

Cuando llego a la finca de Anderson, estaciono mi motocicleta fuera del muro norte para que nadie pueda verla ni oírme detenerme. Saltando el muro, me dirijo a la casa. Sólo lo he visto desde lejos. Mi familia nunca fue invitada a ninguno de los eventos o fiestas benéficas que se celebraban aquí. No cumplimos con un cierto estándar, por lo que no se nos permitió entrar por las puertas. Visto de cerca, parece un jodido palacio, lo que hace que el apodo de mi duquesa sea aún más apropiado.

¿Qué va a hacer el alcalde cuando descubra que tengo mis garras tan profundas en su hija que nunca saldrán? Tengo el presentimiento de que las cosas no van a ser fáciles después de esta noche.

Cuando llego al frente de la casa, agradezco en silencio que su auto esté estacionado afuera en el camino de entrada. Además, la cosa está desbloqueada. Chica mala, duquesa. Levantando el capó, saco la bobina de encendido y la desactivo, asegurándome de que alguien necesitará que lo remolquen hasta mi taller mañana por la mañana.

Puede huir todo lo que quiera, duquesa, pero me estará buscando mañana por la mañana. Cerrando el capó en silencio, miro a mi alrededor para ver si veo el BMW de Scott. Por lo que sé, está estacionado en el garaje o afuera de la casa de Tammy Lean. ¿Cómo carajo se me olvidó eso? Scott ha estado clavándola desde que Butch se la quitó de la polla.

Volviendo a mi motocicleta, me dirijo al otro lado de la ciudad y dejo escapar un suspiro cuando veo el auto de Scott estacionado afuera del de Tammy. Gracias joder. No quería ir a patear la puerta principal de los Anderson. Ahora no me siento tan mal por robarle a su chica. Él no la merece si sigue metiendo su polla en una víbora como Tammy. Tenía que haber algo malo con él, de todos modos, si arrojaría a Penélope a un lado tan fácilmente.

Mirando mi reloj, veo que ya son las dos de la madrugada. Regreso a la tienda y decido quedarme en el apartamento de arriba para pasar la noche. Quiero asegurarme de estar allí cuando ella aparezca por la mañana.

Cuando llego al apartamento, me acerco a la cama y me dejo caer en ella. Me agacho y saco las bragas de satén de Penélope de mi bolsillo, luego libero mi dura polla de mis jeans. Me llevo las bragas a la nariz y aspiro su aroma. Luego los envuelvo alrededor de mi polla y empiezo a acariciarme lentamente.

Me la imagino montando mi polla y rogándome que la llene con mi semen. Su cálido coño se contraería a mi alrededor, chupando cada gota de su cuerpo dispuesto. La idea de que ella me ruegue que me derrame dentro de ella me hace correrme encima. Incluso después de haber intentado sacar cada gota, no hace nada para disminuir el dolor en mi polla.

Mierda. Nunca me quedo dormido.

# Capítulo 5

dolor

Estoy sentado en la recepción con las botas apoyadas en el mostrador y bebiendo un poco de café. Dejé de dormir y decidí esperar aquí abajo, esperando que ella llegue antes de que abra la tienda. Me puse al día con el papeleo, hice la contabilidad y revisé todo el trabajo que se estaba haciendo en el garaje.

No tengo nada más que hacer aparte de sentarme y esperar, y eso me está matando. La necesidad de ella es como algo que vive y respira.

Aproximadamente una hora después, suena el teléfono. Es Eddie, el chico local que remolca en nuestra ciudad. Me llama para asegurarse de que haya alguien aquí para firmar por un Porsche y sonrío de oreja a oreja cuando le doy el visto bueno.

Después de su llamada telefónica, empiezo a caminar por la tienda, la anticipación me mata. Todavía tengo al menos otra hora antes de que alguien llegue a trabajar a la tienda, y espero tener esa hora a solas con mi duquesa.

Después de lo que parece una eternidad, veo un destello de luz y luego escucho el sonido de una grúa llegando. No puedo evitar mi emoción mientras estoy de pie en la entrada, esperando a que se detengan. Siento que se libera un poco la presión en mi pecho cuando veo a una rubia en el asiento del pasajero de Eddie. No estaba seguro de si vendría o no, pero estoy feliz de que lo hiciera. También estoy feliz de que Eddie sea un hombre felizmente casado y con tres hijos, o no me hubiera gustado que ella viajara sola en una camioneta con él.

Salgo y la veo abrir la puerta de la camioneta y saltar. Siento un dolor profundo en mi polla al verla. Lleva una camisa de franela con jeans y botas de vaquero. Su cabello rubio está recogido en un moño desordenado en la parte superior de su cabeza y no tiene ni una pizca de maquillaje. Parece que acaba de despertarse y de repente siento la necesidad de tirarla a la parte trasera de mi bicicleta y llevarla a mi cama.

Dios mío, no podría ser más hermosa de lo que es ahora. Todo dulce y suave.

Cerrando la puerta de la camioneta detrás de ella, se acerca pisando fuerte hacia donde estoy. Cuando se pone frente a mí, se pone las manos en las caderas y es entonces cuando noto que está enojada. Me hace sonreír.

"Buenos días, duquesa. ¿Me extrañaste?"

"Te metiste con mi auto, ¿no?"

Doy un paso adelante, acercando mi cuerpo al de ella. Casi nos tocamos, pero no del todo. Ella mira hacia otro lado pero luego toma aire y me mira a través de sus pestañas. "¿Qué ocurre? ¿No pudiste ir a Starbucks?

"En realidad, iba a desayunar".

Extiendo la mano y acaricio suavemente su mejilla, colocando un mechón de cabello detrás de su oreja. "¿No comiste lo suficiente anoche?" Mi insinuación es clara y sus mejillas se enrojecen ante mis palabras.

"No sé de qué estás hablando". Mira por encima del hombro a Eddie, que está descargando su coche.

"Déjame llevarte a desayunar. Podemos ir al restaurante de la esquina. Debería haberme ofrecido a prepararle el desayuno, pero no hay comida en el piso de arriba del apartamento y no sé si irá a casa conmigo todavía.

Penélope se da vuelta y me mira a los ojos. Después de un segundo, ella finalmente asiente y siento que obtuve un poco más de control. Ella me tiene tan atado a ella.

Me acerco a Eddie, firmo el papeleo y le pido que deje el auto para que yo pueda arreglarlo. Una vez que se ha ido, me acerco a mi duquesa y tomo su mano. Nos llevo hacia el restaurante y ella comienza a retirar la mano. Sintiendo su resistencia, me giro y la miro, queriendo dejar esto claro.

"¿Tu no te casaste aun?" No me refiero a que las palabras salgan enojadas, pero lo hacen.

Ella aparta la vista de mí y dirige su mirada al suelo. Apenas puedo distinguir la palabra mientras ella susurra: "No".

"Entonces puedes tomar mi maldita mano y desayunar conmigo". Le arrebato la mano y nos acompaño hacia el restaurante de nuevo, y esta vez no siento ni una pizca de lucha por su parte. Puede que esté prometida a otra persona, pero es mía. Y voy a hacer todo lo que esté en mi poder para asegurarme de que siga así.

Intento no pensar en lo cálida y suave que es su mano o en cómo le froto los dedos con el pulgar mientras caminamos. Estoy tratando de concentrarme en mis pasos para no caer de bruces porque estoy demasiado ocupado pensando en lo hermosa que es.

Entramos al restaurante y hay algunos veteranos en el bar. Se giran y me saludan con la cabeza porque soy un cliente habitual. Normalmente estoy aquí a las 5 a. m., tomando mi café, así que espero algunas miradas cuando atraigo a Penélope detrás de mí. Nadie dice nada. Simplemente le dan una mirada larga y prolongada y luego vuelven a lo que estaban haciendo. No puedo culparlos. Me resultaría difícil apartar los ojos de ella, incluso aunque tuviera setenta años.

Nos sentamos y el viejo Rick viene con los menús. Miro a Penélope y espero a que ella vaya primero. Ella me mira y veo cierta vacilación en su rostro, pero no sé por qué.

"Pide lo que quieras, duquesa". Se muerde el labio inferior y eso me pone la polla dura como una roca. Se ve tan jodidamente linda que quiero cruzar el mostrador y morderle los labios yo mismo.

"Tomaré el desayuno del hombre hambriento. Panqueques con chispas de chocolate, tocino, croquetas de patata, huevos fáciles y una guarnición de galletas y salsa. Ella me mira y se sonroja, luego lentamente desliza el menú hacia Rick.

Justo cuando estoy a punto de ordenar, ella interrumpe. 'Ah, ¿y puedo tomar un café? Pero leche con chocolate con mi comida, por favor".

Rick lo escribe todo y luego me mira. Siento la sonrisa en mi rostro cuando le paso el menú. "Tendré lo mismo."

Cuando Rick se aleja, ella no me mira a los ojos, así que extiendo mi mano sobre la mesa y espero a que la tome. Se toma un segundo, pero lentamente saca su mano de debajo de la mesa y la pone en la mía.

"La gente va a hablar", susurra y mira por la ventana.

"¿Aproximadamente cuánto pediste para el desayuno? Garantizado. ¿Dónde diablos pone todo eso una cosita como tú?

Ella se ríe y me mira, y nos miramos el uno al otro en silencio. Ella está en lo correcto. Este es un pueblo pequeño y la gente va a hablar de vernos juntos. Puede que no haya podido descubrir quién es ella, pero estos tipos del restaurante conocen al alcalde. Si les agrada o no, no estoy seguro, pero sé con certeza que hablarán. Sonrío mientras paso mi dedo por su muñeca. Espero que se lo digan a todo el maldito pueblo.

"¿Me vas a decir por qué te metiste con mi auto?"

"Creo que sabes por qué".

Ella me mira y suelta mi mano mientras Rick deja nuestro café. Recojo la taza y tomo un sorbo mientras levanto una ceja, desafiándola a responder.

"Podrías haber pedido mi número". Vierte crema y azúcar en su café, toma un sorbo y levanta una ceja como lo hice yo.

"¿Me lo habrías dado?" Pregunto, sin recordarle que ya lo tengo desde la primera vez que entró en la tienda.

"No." Su respuesta es rápida y ambos sabemos que es la verdad. Ella es el tipo de mujer que necesita mano firme. Y es obvio que no lo está entendiendo en ningún otro lado. Mi polla se endurece aún más cuando pienso en dominar su cuerpecito. Llenándola conmigo.

"Deja de mirarme así", susurra.

"¿Cómo qué?"

"Como si me fueras a follar en la mesa".

Extiendo la mano, tomando su mano nuevamente, y esta vez me la llevo a la boca y beso su palma. "La idea cruzó por mi mente. Pero tenía miedo de que algunos de los viejos cayesen muertos al ver una belleza como tú desnuda. Y además no presumo lo que es mío".

"¿Tuyo?" El tono de su voz es irritado, pero no retira su mano de mis labios.

"Mío." Gruño la palabra y deslizo mis dientes sobre su muñeca. Siento que se le aceleran los latidos del corazón y la lamo allí, saboreando su dulzura.

Algo está pasando entre nosotros y es intenso. Esto no se parece a nada que haya sentido antes y no puedo explicarlo. Estar en su presencia es como recibir un puñetazo en el estómago y una paja al mismo tiempo. Es abrumador y sorprendente.

"Aquí vamos", dice Rick, rompiendo el hechizo. Nos sentamos mientras él sirve plato tras plato de comida. La mesita es cómica, cargada con una cantidad ridícula de comida. No puedo evitar reírme cuando Penélope sonríe, toma el almíbar y come.

* * *

"No puedo moverme".

"Coño", dice Penélope mientras salimos del restaurante.

Me agarro el vientre y me río mientras la sigo, agarrando su mano. No puedo creer que ella me haya comido más. Le sonrío y le aprieto un poco la mano. Ella no se aleja de mí mientras caminamos de regreso al garaje en silencio.

Cuando llegamos allí, veo que su auto ya está en el taller y Butch está debajo del capó. Escribí una orden de trabajo y la dejé en el mostrador antes de irnos para que supieran qué arreglar. Sólo necesitaba traerla aquí esta mañana y ahora necesito que se quede.

"¿Cuándo estará listo mi coche? Se supone que debo estar en algún lugar". Ella retira su mano de la mía y se cruza de brazos, sin mirarme.

"¿Ese lugar donde tienes que estar tiene algo que ver con tu boda?"

Ella levanta la cabeza y me mira duramente. "Eso no es asunto tuyo. No tengo que darte explicaciones. Ni siquiera te conozco". Ella comienza a mirar hacia otro lado, pero me muevo frente a ella y sostengo su mandíbula para que no pueda mirar a ningún otro lado que no sea mis ojos.

"No actúes como si no lo sintieras también, duquesa".

"Los sentimientos no tienen nada que ver con esto. No siempre conseguimos lo que queremos, Paine.

La forma en que dice mi nombre suena mucho a arrepentimiento. "Bien. ¿Quieres fingir? Así que puedo." Con eso, la agarro del brazo y la llevo dentro de la tienda a mi oficina en la parte de atrás. Una vez que llegamos allí, cierro las persianas y cierro la puerta.

Al darme vuelta, veo que Penélope tiene los brazos cruzados otra vez y parece enojada como el infierno. "Puedes seguir adelante y abrir esa puerta. No voy a hacer nada contigo".

Me acerco a ella lentamente, dejando claros mis movimientos.

"Lo siento, pero el trabajo en tu coche no es gratis".

Sus ojos se abren en estado de shock. "Tú eres quien lo rompió".

"Dinero o culo, duquesa. Es hora de pagar".

"Que te jodan, Paine. No soy una puta". Ella descruza los brazos y cierra los puños en las caderas. Está enojada y me encanta. Me resulta aún más difícil ver la pelea en ella. Hará que domesticarla sea mucho más dulce. Está claro que con ella tengo que esforzarme y estoy dispuesto a hacerlo por ella.

De pie frente a ella, empujo mi gran cuerpo contra el de ella. Agarro sus brazos y la levanto sobre el escritorio, inmovilizándola allí. "No eres una puta, duquesa. Eres mío. Y cuando digo que es hora de pagar, significa que te quitarás esos jeans y me mostrarás tu coño.

La escucho inhalar y hay un ligero temblor. A ella le gusta mi charla sucia. Me inclino más sobre ella y la empujo hacia atrás para que quede tumbada sobre mi escritorio, con las piernas colgando sobre el borde. Una vez que ella está abajo, me siento y muevo mis manos hacia la cintura de sus jeans. Cuando agarro la cremallera, ella extiende la mano e intenta detener mi mano. Aparto sus dedos y vuelvo a lo que estaba haciendo, desabrochándole los jeans y agarrándolos por la parte superior. Antes de bajármelos, la miro a los ojos y observo su reacción mientras lentamente le quito los jeans y las bragas de las caderas, los bajo por los muslos y los empujo hasta las rodillas. Mantengo mis ojos fijos en los de ella y paso mis manos por sus cálidos y suaves muslos, observando cómo se muerde el labio. Parece nerviosa, como si estuviera a punto de decirme que pare.

"¿Vas a intentar decirme que no?"

Ella cierra los ojos cuando froto la palma de mi mano sobre su coño desnudo y lo dejo allí. Dejando que el calor de mi mano se derrita contra el calor de su coño. No me muevo, solo espero su respuesta, sintiendo cómo humedece mi palma.

"¿Duquesa?"

Abre los ojos y están vidriosos. Todo esto la excita, incluso si no quiere admitirlo. Después de un segundo, traga y se lame los labios. "Nunca he hecho esto antes."

"Yo tampoco he hecho nunca algo así, cariño". Me inclino y beso su estómago desnudo donde se abrió su camisa de franela. "Ha pasado tanto tiempo desde que tuve algo que ver con una mujer que ya no estoy seguro de saber cómo. Además, cualquier pensamiento sobre alguien más abandonó mi mente el día que tu trasero entró en mi tienda.

La siento reír nerviosamente mientras beso su barriga y froto mi barba sobre su delicada carne. Ver mis manos manchadas contra su piel cremosa me recuerda lo diferentes que somos. Pero eso no importa ahora. Lo único que importa ahora es que pueda probar un pedacito de cielo.

"Eso no es lo que quiero decir, Paine". La siento tensa contra mí y la miro a los ojos. Parece casi asustada.

"¿Qué quieres decir?" Me siento pero dejo mis manos sobre su cuerpo, esperando calmarla con mi toque.

Se muerde el labio otra vez y luego respira profundamente otra vez. "No había hecho nada antes de ayer. Nada. Soy virgen."

Creo que mi mandíbula se desquicia al mismo tiempo que mi polla se hincha hasta el punto de sentir dolor en mis jeans. Ella es tan jodidamente hermosa. Esperaba que hubiera dejado un rastro de hombres detrás de ella. Pero saber que soy el primero en tocarla me da ganas de disparar un cañón y plantar una estaca junto a ella que diga: "Esta tierra está reclamada". Es un país por descubrir y quiero ser su maldito rey.

"¿Dolor?" Su voz me devuelve a la tierra y sacudo la cabeza, tratando de encontrar la realidad nuevamente. Cierro los ojos y apoyo mi frente contra su vientre. Respirando el aroma de su coño.

"Sólo una muestra. Por ahora —digo contra su piel y lamo alrededor de su ombligo. La miro y muevo mi mano para que mis dedos extiendan suavemente sus labios y froten su clítoris húmedo. "Seré el primero en recibirlo, duquesa. Pero no aquí ni así".

Ella gime y cierra los ojos, y bajo mis dedos, jugando con su entrada. Bajo un poco y beso el interior de sus muslos. Su dulce olor me hace la boca agua y no puedo esperar más. Sus piernas están unidas a la altura de las rodillas por sus jeans y bragas, por lo que solo puedo abrirlas un poco mientras lamo entre sus piernas. Agarro sus muslos, tomando un puñado de cada uno mientras su néctar golpea mi lengua. Es más dulce que cualquier cosa que haya probado jamás y una gota me vuelve adicto.

"Mmm", es todo lo que puedo decir mientras mi lengua se mueve por todo su coño virgen.

"Dolor." Ella gime mi nombre como si estuviera tan desesperada como mi polla. Él está rogando por salir a jugar, pero sé que en el momento en que mi polla salga al aire, tendré que follármela. Así que por ahora lo guardo en mis pantalones.

"Hazlo, duquesa. Muéstrame lo sucia que puedes ser. Froto mi barbilla sobre su clítoris, dejando que mi barba absorba su jugo. "Ese es tu pago, cariño. No podrás recuperar tu auto hasta que te corras en mi cara. Ahora límpiame ese coño con la lengua y gánatelo.

Siento su coño palpitar contra mi cara mientras la devoro. No puedo tener suficiente de ella, y cuanto más la bebo, más cerca está de correrse. Escuchar que nunca antes había tenido esto me hace querer darle lo mejor. Quiero volver a ser el único en quien ella piensa.

Chupando su clítoris con fuerza, siento su cuerpo inclinarse sobre el escritorio y aprieto sus muslos con más fuerza, sujetándola. Su orgasmo es duro y profundo, y grita mi nombre mientras alcanza su punto máximo.

Escuchar su voz hacer eco en mi oficina me hace sentir como un dios. He estado en lugares y hecho cosas en mi vida, pero nada se compara con la sensación de ser el primero en comerle el coño.

Y seré la última, si tengo algo que decir al respecto.

# Capítulo 6

Penélope

"Prueba este, abuela". Le entrego otra muestra de pastel y tomo los otros dos de su regazo. Me detuve en la pastelería y llevé todas las muestras a la finca familiar. Esta no es la boda que soñé, pero sé que mi abuela quiere ser parte de ella y es algo que quiero regalarle. Podría poner una sonrisa falsa y fingir que eso era lo que quería, porque si no lo sé, ella se preocuparía. Ella comenzaría a hacer preguntas y probablemente hablaría por teléfono con mi padre, y él no me dejaría regresar a la propiedad para verla. Probablemente invente alguna mentira sobre que dejé el país o algo así. No me gusta mentirle, pero quiero que podamos vernos y haré todo lo que pueda para que eso suceda. Sé que nuestros días están contados porque su salud está empeorando.

"Todos saben igual", dice, dando otro bocado a lo que parece ser la vigésima muestra de pastel de esta tarde. Quizás ese desayuno gigante fue una mala idea. Siento un hormigueo entre mis muslos sólo de pensar en lo que Paine y yo hicimos después. No, valió totalmente la pena. Uno de los pequeños placeres que me iba a dar.

"Sí, yo digo que simplemente elijamos uno". Traslado los platos a una mesa auxiliar, me tumbo al final de la cama de mi abuela y me desabrocho los vaqueros. Si sigo así, no me quedará el vestido de novia. Entonces tal vez no tenga que casarme.

"Entonces ve con la vaina de vainilla. Tiene un bonito relleno". Deja el plato en la mesita de noche y luego saca una caja para anillos del cajón.

"Quería mostrarte esto. ¿Lo recuerdas?" Me entrega una pequeña caja de terciopelo y la abro, jadeando al ver el anillo que hay dentro. Es un hermoso diamante circular, rodeado por un halo de zafiros. La banda está tachonada de diamantes que se envuelven por completo, lo que la hace parecer antigua. Es el anillo más perfecto que he visto en mi vida.

"Tu abuelo me dio eso".

Lo saco de la caja y leo la inscripción.

Sólo tu. Solo nosotros. Para siempre.

"Nunca te he visto usarlo". Mis ojos se posan en su dedo anular, que lleva el anillo de bodas que ha usado desde que tengo uso de razón. Es una simple banda de oro que parece desgastada después de todos los años de uso.

"Lo hice de vez en cuando para hacer feliz a tu abuelo cuando estaba vivo, pero nunca pude soportar quitarme este". Pasa su mano arrugada por la banda dorada de su dedo anular. "Este fue el que me dio cuando no tenía ni un centavo a su nombre. Con quien me pidió que me casara con él. Éste es con quien seré enterrado. Sólo me dio ese porque pensó que querría algo mejor".

Mueve el anillo dorado de un lado a otro en su dedo y puedo decir que tiene recuerdos de él. "Nunca me importó todo esto". Ella agita sus manos, señalando la casa y su riqueza. El abuelo jugó en el mercado de valores y le dio grandes beneficios. "Estoy feliz de no tener que preocuparme por ti y sé que tu abuelo sentía lo mismo. Quería asegurarse de que nunca nos quedáramos sin él, pero lo daría todo por tener un día más con él".

"Ojalá pudiera recordarlo mejor", le digo, volviendo a guardar el anillo en la caja. La vida parecía muy diferente antes de que yo naciera. Tanto amor llenó la casa. No sé cómo mi padre entró, pero simplemente no encajaba.

El abuelo murió cuando yo era joven y no lo recuerdo en absoluto. Mi madre murió cuando yo nací y él la siguió poco después. No estoy segura de cómo sobrevivió mi abuela al perder a su marido y a su hija tan juntos. Otra razón por la que no dejaría que me perdiera.

"Él se iluminaba cada vez que te miraba. Él te amaba mucho". Me encanta cuando habla de mi abuelo. Todo su rostro se calienta y el amor que siente por él se muestra incluso después de todos estos años sin él. Quiero un amor así algún día. Quizás no hoy ni mañana, pero algún día lo encontraré. Tendré que sufrir este matrimonio por un tiempo y disfrutar el tiempo que me queda con mi abuela. La vida parece consistir en vivir el día a día en este momento.

Me acerco, le devuelvo la caja del anillo y ella la deja en la mesita de noche. "Tu abuelo me regaló ese anillo porque quería hacerme feliz. Es lo que siempre quiso para su familia. Es un anillo hermoso por el que trabajó tan duro. Y para mí, es una señal del más puro amor y devoción". Ella me sonríe y no puedo evitar desear ese tipo de amor y felicidad.

Sé que ella quiere que yo sea feliz. La felicidad es todo lo que ella y mi abuelo siempre quisieron para mí. Es un trago amargo porque esta boda es una mentira. Seré miserable.

"La vida se trata de ser fiel a uno mismo y encontrar el amor que se merece. Es demasiado corto para hacerlo de otra manera". Ella apoya su cabeza sobre la almohada y puedo decir que está cansada y probablemente necesite una de sus pastillas. Pero ella tiene razón. Tal vez pueda absorber todo lo que pueda antes de caminar por el pasillo hacia mi destino.

Levantándome de la cama, voy al baño, le tomo las pastillas y le lleno el vaso de agua. Colocándolos al lado de su cama, me inclino y le doy un beso.

"Estoy tan feliz de que te casas con alguien de aquí. Te extrañé mucho cuando estabas en la escuela".

"No voy a ir a ninguna parte, abuela. Prometo."

# Capítulo 7

dolor

Estoy perdiendo la maldita cabeza, pienso para mis adentros mientras veo a Tammy claramente recién follada salir del despacho de abogados de Scott, que se encuentra en el centro de la ciudad. Menos de diez minutos después, veo a Scott salir de su oficina, tirar una bolsa en el maletero de su coche y girarme para verme sentada en mi motocicleta. Lo miro fijamente y puedo decir por la expresión de su rostro que los susurros ya han llegado a sus oídos.

Se arregla el traje y comienza a dirigirse hacia mí. Piensa que, como estamos en el centro de la ciudad y él es abogado, no voy a exponer su trasero. Él está equivocado. Normalmente no lo haría. No por algo estúpido o mezquino. Pero Penélope es más que eso y definitivamente vale la pena pasar una noche en la cárcel. Aunque no podría rastrearla esa noche si lo fuera. No me gusta la idea de no poder tener mis ojos sobre ella si quisiera. Sueno como un acosador, pero me importa una mierda. Si rastrear a mi chica y aparecer en lugares aleatorios la mantiene fuera del alcance de otro hombre, puedes etiquetarme como quieras y usaré ese título con orgullo.

"¿No puedes correr a Kirksville si necesitas mojarte la polla, Paine? Nunca te había visto sumergirte en las chicas locales.

Todo mi cuerpo se vuelve sólido como una roca ante sus palabras. ¿Realmente acaba de hablar así de la mujer con la que se iba a casar? No sólo eso, sino que él mismo estaba jodiendo el coño local. Pero eso no es nada nuevo. Nunca entendí a los tipos que perseguían mujeres por aquí. Todos estarían follándose unos a otros al final del día. No es algo que me parezca atractivo.

"Nunca dejé que Tammy me chupara la polla en la parte trasera de Smokey's, por mucho que me rogara que lo hiciera. Así que parece que no soy yo quien se moja la polla".

Sé que no estamos hablando de Tammy, pero quiero que sepa que estoy siguiendo sus juegos. No ha tenido a mi chica porque todavía está dulce como una cereza y está esperando que yo la tome. No sé qué está pasando con estos dos, pero las cosas no cuadran. No veo a una chica como Penélope dejando que su hombre la persiga, así que tal vez no lo sepa, o tal vez no le importe. No parece el tipo de mujer que sólo quiere que la conserven y la conviertan en un pequeño trofeo. Podría haber pensado eso cuando entró por primera vez en mi oficina, pero la mujer que tenía en mis brazos mientras le comía el coño esta tarde no era nada de eso. Ella era diferente, sin importar cómo parezca esta situación.

Sus ojos se endurecen ante mis palabras. Parece que Scott pensó que él era el único al que a Tammy le gustaba mamar. No, Tammy simplemente busca a cualquiera que tenga dinero. Puede que no sea tan llamativo con el mío como lo es Scott, pero me gano bien la vida y eso es algo que alguien como Tammy puede detectar fácilmente.

"Manténgase alejado de ella", dice Scott, la presunción que tenía al principio ya hace tiempo que desapareció de sus palabras.

"¿De quién estamos hablando aquí, Scott?" Lo provoco porque no estoy totalmente seguro. No parecía muy enojado cuando me advirtió sobre Penélope, pero un comentario sobre Tammy y su tono cambia por completo.

"Mi prometido..."

Me bajo de la bicicleta antes de que pueda terminar la palabra. De ninguna manera puedo soportar oírle llamarla así. No está pasando nada. Lo tengo por la chaqueta del traje, levantándolo para que esté a la altura de mis ojos.

"Dolor. Lo dejó ir."

Siento la mano de Law caer sobre mi hombro y solté a Scott con suficiente fuerza para hacerlo caer al suelo. Tiene suerte de que haya aparecido el sheriff.

"¡Estoy presentando cargos!" Grita Scott, levantándose del suelo y sacudiéndose la tierra de su traje.

Law suelta mi hombro y sacude la cabeza hacia mí. Mierda, debería haber tenido un mejor control. De ninguna manera Law no va a meterme en la cárcel después de que acabo de tirar al suelo a su futuro (o eso cree él) cuñado.

“Scott, todo lo que vi fue que estabas a punto de caer y Paine trató de evitarlo. Parece que tropezaste de todos modos”. Las palabras de Law me sorprenden.

"No puedes hablar en serio en este momento", grita Scott, pero mantiene la distancia sin importar cuán hostil sea su tono. Ahora es lo suficientemente inteligente como para mantener unos metros de distancia entre nosotros. Eso es bueno. Al menos entiende que no estoy jodiendo por aquí.

"No tengo tiempo para tu mierda hoy". Tengo la sensación de que el sheriff no está hablando de mis cosas y las de Scott, sino probablemente de las del alcalde.

"Él se enterará de esto", responde Scott, pero Law simplemente se encoge de hombros como si le importara una mierda. Me resulta difícil de creer, siendo el alcalde su padre y todo eso.

"Lo que sea. Tengo una cita con Penélope. Se da vuelta para alejarse y Law me toma del brazo. Ni siquiera me di cuenta de que me estaba lanzando hacia el imbécil. "Te arrastraré si me obligas".

Me libero de su agarre pero me quedo quieto mientras veo a Scott saltar a su auto y acelerar. Mirando a mi alrededor, veo una buena parte de la ciudad mirándonos, probablemente habiendo visto la mayor parte de lo que acaba de suceder.

No sé mucho sobre Law aparte de que Joey podría estar perdidamente enamorado del chico, a juzgar por la canción que estaba cantando esta mañana en el trabajo. ¿Pero cómo podía permitir que un idiota como Scott se casara con Penélope?

"¿Vas a dejar que ese pomposo cabrón se case con tu hermana pequeña?" El disgusto es claro en mi voz.

“Mantente al margen, Paine. Este es un negocio familiar del que no sabes nada”.

"Sé que un hombre como Scott arruinaría a una mujer como ella".

“Estoy de acuerdo”, dice y comienza a alejarse. Lo agarro por el hombro como lo hizo conmigo hace unos momentos.

"¿Usted está de acuerdo?" Estoy hablando ruidosamente y me importa una mierda quién nos escuche, pero aparentemente a Law sí porque se inclina más cerca de mí.

“Estoy haciendo lo que puedo pero tratando de mantener mis manos limpias. No es asunto tuyo. Como dijiste, ella es mi hermana”.

“Ella mi mujer”.

“No creo en los chismes de la ciudad”, dice, refiriéndose a los susurros que corren por la ciudad. "Tampoco escuché a mi hermana pronunciar tu nombre, así que para mí ella no es nada tuyo".

Está en la punta de mi lengua decirle que ella gimió mi nombre una y otra vez hoy, pero no ensuciaré lo que tengo con ella. Lo que tenemos y lo que hemos hecho es especial y no lo hablaré así. Puede que haya algo sucio entre nosotros, pero entre nosotros es donde se queda.

“Por favor, alguacil. Dime adónde van Dipshit y Penélope esta noche y me aseguraré de que ella no termine con él. La misión de mi vida será evitar que ella cometa un error y camine hacia el altar con ese pedazo de mierda”. Puedo ver la vacilación en sus ojos cuando aparta la mirada y me mira. "No dejes que ella haga esto".

Respira hondo, toma una decisión y asiente con la cabeza.

"Trato."

# Capítulo 8

dolor

Eso es todo. Ya terminé de joder. Intenté ser amable y hablar dulcemente, pero ya terminé con eso. No me importa por qué se va a casar con ese imbécil. Se acabó.

Tengo mi bicicleta estacionada frente a Lucinda's, el elegante lugar italiano a dos ciudades de distancia. Es curioso que Scott esté dispuesto a follar con Tammy en medio de nuestra pequeña ciudad, pero hace que la mujer con la que se supone que se casará alguien la lleve en auto a casi una hora de distancia. Es como si Penélope fuera el sucio secreto, y ese pensamiento me enoja aún más. Ella es mía y es algo de lo que estar orgulloso.

Espero durante mucho tiempo hasta que finalmente veo un auto oscuro detenerse y Penélope salir. Scott todavía no está aquí, pero cuando el conductor se aleja, supongo que el plan era que él la llevara de regreso a casa. Ese pensamiento me hace bajar de mi bicicleta en un instante y cruzar la calle para llegar a ella.

Penélope lleva un vestido negro y tacones negros. Su cabello rubio está recogido en un moño apretado en la nuca y parece que lleva un montón de maquillaje. Parece una persona diferente a la dulce y sexy chica con la que desayuné esta mañana. Lo odio.

Cuando llego al frente del restaurante, ella se gira y me mira, con la sorpresa clara en sus ojos.

"¿Dolor? ¿Qué estás haciendo aquí? Tienes que irte. Scott estará aquí en cualquier momento".

"Me importa un carajo". La agarro por la muñeca y la tiro detrás de mí, caminando hacia mi motocicleta. Me doy la vuelta y me quito la chaqueta de cuero, ofreciéndola para que ella la tome. "Ponte esto y súbete a la espalda".

"Dolor". Hay una súplica en sus ojos, y mientras mira por encima del hombro hacia el restaurante y luego se vuelve para mirarme, la indecisión pasa por su mente. "No es que no quiera ir porque créanme, sí quiero. Es porque no puedo.

"Duquesa, no sé qué está pasando entre usted y ese imbécil, pero la boda no se llevará a cabo. Eres mía, así que pon tu trasero en la parte trasera de mi bicicleta. Volverás a casa conmigo esta noche y todas las noches siguientes.

"Esto es ridículo." Ella pisa fuerte cuando dice la última palabra y eso me hace sonreír. "No puedo ir contigo. Las cosas podrían irme muy mal si no hago esto". Da un pequeño paso hacia mí y sus ojos me suplican de nuevo. "Lo que más quiero es huir, pero esto no se trata sólo de mí".

Extiendo la mano, agarrando su barbilla y mantengo mis ojos fijos en los de ella. No quiero que se pierda nada de lo que voy a decir porque es crucial.

"¿Confías en mí, Penélope?"

Veo que pequeñas lágrimas empiezan a formarse en sus ojos, pero no caen. Ella simplemente asiente con la cabeza mientras la sostengo en su lugar.

"Entonces confía en que pase lo que pase, yo me ocuparé de ello. Tengo todo el dinero que puedas necesitar y una casa donde mantenerte. No hay nada que no haga para hacerte feliz, y no haré ningún esfuerzo para arreglar lo que te está lastimando. Eres mía, esa es la conclusión. Ahora dime, ¿sientes lo que hay entre nosotros?

Cierra los ojos para intentar acallar mis palabras, pero aprieto un poco su barbilla y ella los abre de nuevo. Después de sólo un segundo, ella asiente.

"Así es, duquesa. Esto no es nada divertido. Esto no es una aventura. Esto es real. Ahora, ¿te subes a mi bicicleta o tengo que atarte a ella? Porque traje cuerda".

Ella respira profundamente y le suelto la barbilla, ofreciéndole mi chaqueta de cuero una vez más. Ella lo mira y luego extiende la mano, lo toma y se lo pone.

Me doy la vuelta, me subo a la bicicleta y me siento allí, esperando que ella venga conmigo. Se da vuelta y mira el restaurante por última vez antes de subirse detrás de mí y lo pongo en marcha. Es en ese momento Scott se detiene y sale de su auto.

"Suéltate el pelo, duquesa. Lo quiero ondeando con el viento en la parte trasera de mi bicicleta, y quiero que ese cabrón lo vea para que lo sepa".

Después de un segundo siento sus cálidas manos rodear mi cintura y su frente presiona mi espalda. Salgo de mi lugar de estacionamiento justo cuando Scott se da vuelta y nos ve. Cuando pasamos, llevo una mano hacia atrás, la paso por el muslo de Penélope y me aseguro de que vea que es mía.

Se acabó el juego, idiota.

Mantengo mi mano allí durante todo el camino de regreso a mi casa, sosteniendo a mi niña.

* * *

"Me contarás todo después de que te tenga en nuestra cama. ¿Estamos limpios?

Ella asiente, la levanto de mi bicicleta y la sostengo mientras entro. Sus piernas rodean mi cintura y sus brazos alrededor de mi cuello. La sensación de ella presionada contra mí mientras montábamos fue maravillosa, pero estoy buscando presionarla de muchas otras maneras.

La llevo por la entrada principal y la acompaño por el largo pasillo hasta mi dormitorio. Una vez allí, la pongo de pie en medio de la habitación y doy un paso atrás.

"Quiero que vayas a ese baño y te quites el vestido que usaste para él, y luego quiero que te laves la cara. Eres demasiado hermosa para esconderte debajo de todas esas cosas, y quiero ver tu verdadero yo. Después de eso, sal aquí y acuéstate en mi cama con las piernas abiertas". Extiendo la mano y toco sus mechones rubios, que están caídos y arrastrados por el viento. "¿Estás listo para hacer eso por mí? ¿Dame ese coño virgen?

Ella aparta la mirada mientras un sonrojo se extiende por sus mejillas, y maldita sea si eso no me pone más duro. Después de un segundo, ella asiente y luego pasa junto a mí hacia el baño principal. La veo entrar y cerrar la puerta, y camino hacia mi armario para desvestirme. Me quito la camisa blanca con cuello en V y me quito las botas y los jeans. Me quedo con mis calzoncillos por ahora, queriendo que ella me los quite. Paso mis dedos por mi cabello rubio sucio y luego por mi barba rubia oscura, pensando en lo que le voy a hacer.

Salgo del armario, con la polla dura y lista para follar. Tengo que esperar sólo un segundo antes de que se abra la puerta del baño y ella salga, completamente desnuda. Tiene la cara sonrosada por lavarlo, pero se parece a la chica que conocí esta mañana. Se ve dulce e inocente, y no puedo esperar a poner mis manos sucias en su cuerpo puro.

"En la cama, duquesa. Piernas abiertas para mí. Quiero verlo todo extendido para mí. Lo que me estás ofreciendo. Solo yo. "

Me acerco más mientras ella se sube y se acuesta en el medio. Después de un momento de vacilación, abre bien las piernas. Me acerco al final de la cama y me quedo allí con los brazos cruzados.

"Rodillas arriba, cariño. Quiero ver todo tu bonito coño. No te escondas de mí".

Ella respira nerviosamente y hace lo que le pido, levantando las rodillas y exponiendo todo. Se me hace la boca agua al verlo y no puedo esperar para meter mi cara en ello.

"Joder, te ves tan hermosa así. Recostado en mi cama, con las piernas abiertas y listo para ser tomado".

Ella es demasiado buena para un mecánico sucio como yo, pero aquí está, con el coño abierto y abierto, rogándome que me lo folle. Puedo ver su coño caliente goteando hasta su culo y me lamo los labios ante la invitación que me está dando.

“Eres la única mujer que he tenido en mi casa, duquesa. La única mujer que alguna vez ha estado en mi cama. Y después de esta noche, serás el único que volverá a estar en esto”.

Veo sus manos temblar un poco ante mis palabras, y verla un poco nerviosa me pone increíblemente más duro.

"Voy a comer ese dulce coño antes de tomar tu cereza. Te quiero agradable y relajada cuando entre en ti. Me agacho y froto mi polla a través de mis calzoncillos, tratando de aliviar el dolor. "Pero después de que te corras y te meta la polla, quiero follarte fuerte. Quiero que recuerdes esta primera vez para siempre”.

Me subo a la cama y me sumerjo entre sus piernas, sin perder más tiempo. Separo sus muslos y pongo toda mi boca en su coño. Abro bien, chupándola en mi boca y lamiéndola al mismo tiempo. Sus manos se disparan, agarrando mi cabello y me agarra con fuerza mientras como.

Su rico coño virgen es tan dulce y jugoso. Es como un melocotón caliente y no puedo tener suficiente. Me muevo hacia abajo, metiendo la lengua lo más que puedo dentro de su coño no jodido. Siento su himen con mi lengua y lo lamo, haciéndole saber que estoy a punto de follarlo.

Moviéndome hacia abajo, le separo las nalgas y la lamo allí, sintiendo su anillo apretado. Ella gime de nuevo ante la sensación y yo me acerco, mordiendo su nalga con fuerza, dejando marcas de dientes. Quiero marcar su cuerpo con señales mías para que todos sepan a quién pertenece. No más tonterías sobre el prometido, no más charlas sobre bodas. Todo eso termina esta noche.

Vuelvo a su coño, chupando sus labios y su clítoris. No tengo mucha paciencia, así que me concentro en hacerla correrse en lugar de alargarlo. Cuando chupo su coño en mi boca y le doy un suave mordisco a su clítoris, casi me arranca el pelo cuando llega al clímax, tensándose y gritando mi nombre.

Después de ordeñar su orgasmo y ella tartamudea, tratando de alejarme, me siento y me muevo sobre su cuerpo.

"Agáchate y sácame la polla, duquesa. Quiero que seas tú quien te lo meta. Quiero que recuerdes que me pediste que te reclamara".

Me inclino, beso su boca y la dejo probar su coño. Sus jugos cubren mi barba y su olor me está volviendo loco. Su cálida lengua se adentra en mi boca mientras su mano se interpone entre nosotros y saca mi polla. La siento agarrar la base y moverla hacia su abertura mientras me muerde el labio inferior. Cuando la punta de mi polla está en su entrada virgen, siento que la cabeza se cubre con su jugo pegajoso.

Alejándome del beso, la miro a los ojos y sostengo su rostro. "¿Estás listo?"

"Sí, Paine. Te deseo." Sus ojos son suplicantes y necesitados, y puedo ver que ella quiere esto tanto como yo.

Paso mis manos manchadas sobre su piel blanca cremosa, hasta sus tetas. Agarro uno y me inclino, tomando su pezón en mi boca. Lo muerdo con fuerza mientras meto mi polla desnuda en su coño virgen. Está más apretado que mi propia mano. Más apretado que cualquier otra cosa que haya sentido alguna vez. Está tan caliente y húmeda, y es el paraíso. La siento tensa debajo de mí, pero sigo adelante. Le dije que la follaría duro y tengo la intención de hacerlo. Quiero que esté dolorida y que piense en mí cada vez que se siente. Lo besaré mejor más tarde, pero ahora mismo lo estoy reclamando.

"¿Estás tomando la píldora?" Gruño cuando su pezón sale de mi boca. Empujé con fuerza de nuevo.

Ella deja escapar lo que suena como un cruce entre un gemido y un grito, y tomo sus manos, sosteniéndolas sobre su cabeza. Los inmovilizo a ambos con una mano y con la otra, agarro su pierna y la tiro por encima de mi hombro. Quiero entrar profundamente.

"Contéstame, duquesa. ¿Estás tomando algo para evitar que te reproduzca? Sus ojos se fijan en los míos y siento una sonrisa malvada en mi rostro. "Eso es cierto bebe. Planeo correrme dentro de ti hasta que estés criado. No me impedirás eso, ¿verdad?

Siento que su coño se aprieta ante mis palabras y empujo con más fuerza. Después de dos embestidas más, ella gime y sacude la cabeza.

"Dígame, duquesa. Dime que no estás tomando nada y quieres que me corra dentro de ti".

Mirándome, levanta las caderas ante mis embestidas y gime: "No estoy tomando nada. Corre dentro de mí, Paine.

"Dime que quieres mi semen, duquesa. Dime que lo quieres muy dentro de ti, cubriendo tu útero desprotegido".

"Lo quiero", susurra, y vuelve a levantar las caderas.

Me acerco entre nosotros y froto su clítoris. Con su pierna sobre mi hombro, está completamente abierta y toma solo lo que sólo yo puedo darle. Solo se necesitan unos pocos golpes y ella se aprieta a mi alrededor, apretando mi polla y corriéndose sobre mí.

Miro hacia donde estamos unidos y veo su crema extendiéndose arriba y abajo por mi eje mientras la follo. Verla irse me hace perder los estribos y empujé con fuerza una última vez, vaciando mi semen dentro de ella.

Mi orgasmo continúa durante un minuto mientras mis bolas se levantan y descargan en su útero que espera. Después de soltar cada gota, la mantengo en su lugar con mi polla todavía dentro de ella, sosteniendo sus caderas en alto y asegurándome de que mi semen permanezca allí.

Muevo perezosamente mi polla hacia adentro y hacia afuera un poco mientras nos sentamos allí.

"Ven a acostarte a mi lado, Paine". Penélope me alcanza pero niego con la cabeza.

"Sólo un poquito más así, cariño. Quiero asegurarme de que mi semen permanezca en ti". Quiero asegurarme de que sea criada. Nada se la llevará.

# Capítulo 9

Penélope

Me despierto con besos que recorren mi columna vertebral, antes de pasar a mis nalgas. Los bigotes de su barba me hacen reír y tratar de alejarme. Todavía siento la humedad de su semen dentro de mí y en mis muslos, y recibo un suave mordisco en mi trasero para detener mis movimientos.

"Te desmayaste", murmura contra mi piel, luego da otro suave mordisco a la nalga opuesta, como si estuviera tratando de darles la misma atención.

"Todo es tu culpa. Me desmayé por el cansancio y ni siquiera me diste de comer". Lo miro por encima del hombro para hacer mi mejor puchero.

"Lo siento, duquesa. Se me fué de la mente. Me llené de tu dulce coño. Besa los mismos lugares donde me mordió, levantándose de la cama y llevándome con él sobre su hombro, paseando por la casa como si no pesara nada. Ni siquiera me cuesta que me carguen como si fuera una muñeca. Tengo una buena vista de su trasero desde este ángulo, pero lástima que se puso los calzoncillos. Observo los poderosos músculos de sus piernas movernos con facilidad por el pasillo, recordándome lo grande que es en realidad.

Nunca antes había tenido esta cercanía con alguien y voy a aguantar cada segundo. Estoy harto de luchar contra esto. Las últimas horas de mi vida han sido las mejores que puedo recordar.

Ya terminé con todo y todo va a cambiar hoy. Esto es algo que nunca he hecho. Siempre he hecho lo que mi padre quería y eso no me ha llevado a ninguna parte. Todo, desde las clases que tomé hasta las actividades en las que participé, él me lo había explicado.

Se siente liberador dejarse ir. Pensé que habría tenido esta libertad cuando dejé la universidad, pero en lugar de eso, al regresar me arrebataron el control una vez más. Parece que seguir las reglas de mi padre no me llevó a ninguna parte y, sin importar lo que hiciera, él simplemente inventaba otras nuevas. Fue un ciclo interminable que me retenía.

Todavía estoy un poco preocupada por mi abuela. Tal vez pueda decirle lo que está pasando. Me preocupa mucho que pueda estresarla, y eso es algo que no necesita en este momento. Parece estar tan débil últimamente que no necesita que todo esto esté a sus pies. Odio no haberme dado cuenta de lo enferma que ha estado realmente. Debería haber venido a casa más seguido, pero cada vez que la llamaba ella siempre decía que estaba bien. No fue hasta hace poco que descubrí que, después de todo, las cosas no habían ido tan bien. Y ahora mi padre realmente tiene cierta influencia sobre mí, lo único que puede utilizar para controlarme.

Estoy empezando a preguntarme qué tiene sobre Law. Law y yo nunca hemos sido muy cercanos, ambos fuimos a internados diferentes y él era ocho años mayor que yo. Su vida estaba ocupada cuando trabajaba en Chicago, e incluso cuando podía verlo, siempre tenía la cabeza enterrada profundamente en cualquier caso en el que estuviera trabajando.

No he tenido mucho tiempo para hablar con él desde que regresé. Me empujaban en tantas direcciones que no tuvimos tiempo de ponernos al día. Tendremos que sentarnos y resolver algunas cosas porque no hay manera de que permita que papá me aleje de la abuela, y lo más probable es que necesite la ayuda de Law.

Paine me sienta en la encimera, haciéndome retorcerme sobre la fría encimera de granito. "Lo siento, duquesa". Coge una camisa que cuelga del taburete de la barra del desayuno y la desliza sobre mi cabeza. "Me encanta verte desnuda, pero tampoco quiero que tengas frío". Inclinándose, toma mi boca en un suave beso. "¿Te duele?" Sus ojos se vuelven suaves y puedo ver la preocupación en su rostro. "Te tomé duro".

"Nunca he sido más perfecto". Sonrío cuando digo las palabras porque son ciertas. Me siento tan feliz con él. Como si estuviera en casa. "Y gracias", digo, mirando la camisa gastada con un auto viejo. Me encanta más que cualquier prenda que tengo. Es completamente Paine, con lo que parece una vieja mancha de grasa. Aún mejor, huele a él.

“Nunca tienes que agradecerme. Cuidarte es lo que se supone que debo hacer”. Pasa su pulgar por mi labio antes de alejarse.

"¿Qué te apetece, duquesa?" pregunta, abriendo la puerta del refrigerador.

"¿Usted cocina?" No puedo imaginarlo trabajando en una cocina. Un coche, claro, pero ¿hacer espaguetis? No tanto.

“Cuando tengo comida puedo hacerlo, pero he estado demasiado ocupado para ir a la tienda. Alguien me hizo perseguirlos por toda la ciudad. Se gira para sonreírme mientras saca huevos y queso del refrigerador.

Es una locura lo fácil que se siente esto. Como lo hemos estado haciendo desde siempre. Quizás cuando esté bien, así será. No tengo experiencia con hombres, pero mi abuela me dijo que cuando encuentras al hombre adecuado, lo sabes.

Me seguía preocupando que ella me preguntara si Scott era el indicado, pero no lo ha hecho. Quizás ella simplemente piensa que lo es. ¿Por qué si no aceptaría casarme con él?

“Espero que te gusten los sándwiches de huevo y queso. Podemos correr a la tienda y abastecernos mañana de algunas cosas. Planeo mantenerte en nuestra cama durante los próximos días”.

Las mariposas vuelan en mi estómago ante la palabra "nuestro". Él actúa como si nunca me fuera a ir. Quizás no lo sea. No creo que pueda volver a casa cuando mi padre se entere de que no me voy a casar con Scott.

Es todo tan simple aquí. Miro a mi alrededor y observo la casa de Paine. Es cálido y acogedor. Los pisos de madera están por todas partes, con paredes de color azul grisáceo intenso. El plano de planta es abierto con la cocina al lado de la sala de estar y un gran comedor al otro lado de la cocina. Una chimenea gigante ocupa una pared, rodeada de azulejos plateados.

Una cosa que siempre me disgustó de la casa de mi familia es que es demasiado grande. Me encanta la idea de poder cocinar en la cocina y aun así poder hablar con alguien que está tumbado en el sofá. Puedo imaginarme fácilmente a una familia aquí.

Yo en la cocina preparando la cena, Paine tumbada en el sofá viendo un partido de béisbol y hablando conmigo mientras cocino. Los niños en la mesa del comedor, haciendo los deberes antes de cenar. Me hace extrañar algo que nunca supe que quería. Al estar aquí con Paine, está todo muy claro.

"¿Qué te hace tener esa expresión en tu cara?" Me alejo de mis fantasías domésticas y lo estudio. Si quiso decir la mitad de lo que dijo cuando me llevó a la cama hace horas, entonces tal vez estemos en la misma página.

"¿Cuántos?"

"¿Cuantos que?" Pregunto.

"Niños."

Paso mis manos por sus brazos tatuados, acercándolo. Deja un plato en el mostrador a mi lado y me rodea la cintura con sus brazos.

"Tres."

"¿Solo tres?" —bromea, y me siento aliviado de que el cuento de hadas que acabo de soñar hace unos momentos esté tan cerca. Casi puedo extender la mano y tocarlo, o tal vez ya esté a mi alcance.

"Empecemos por ahí. Todavía tenemos una batalla cuesta arriba", le recuerdo.

"Es hora de empezar a hablar". Salta conmigo al mostrador, me entrega uno de los sándwiches que acaba de hacer y se lo expongo todo mientras comemos.

"Lo resolveré. No puede impedirte que veas a tu abuela".

"No estoy muy seguro. Scott es el abogado de la familia y no tengo idea de quién controla qué. Nunca antes había tenido que preocuparme por eso y sé que mi padre tiene algunos amigos poderosos, Paine. Yo solo-"

"Bebé, cálmate". Salta del mostrador y agarra mi cara entre sus manos. "Te prometo que. No dejaré que te la aleje. Te lo dije, te daré todo lo que siempre quisiste y si quieres ver a tu abuela, verás a tu abuela".

Le creo y no sé por qué. Solo lo conozco desde hace muy poco tiempo, pero por la mirada en sus ojos puedo decir que lo dice en serio. Y está bastante claro que Paine consigue lo que quiere.

"Créame, duquesa".

"Sí." Me atrae hacia su pecho y me abraza con fuerza, esa sensación de estar en casa me calienta de nuevo.

Un golpe en la puerta nos arranca de nuestro abrazo.

"¿Quién carajo..." Paine mira por encima del hombro para mirar el reloj en la estufa. "Es casi medianoche."

"¿Llamada de botín?" Medio bromeo. ¿Quién más aparecería en su casa tan tarde?

Paine me lanza una mirada severa. "Te dije que nunca invité a una mujer a regresar aquí. No tientes a la suerte o te daré una palmada en el trasero.

Me muevo ante sus palabras, pensando en él azotándome mientras me toma por detrás. La imagen hace que todo en mi interior se contraiga.

"Mi sucia duquesa. ¿Te gusta que te azoten el culo? Tendré que recordar eso".

Voy a mentir y decirle que no, pero suena otro golpe en la puerta.

"Ya voy, carajo", grita. "No te muevas". Me lanza una mirada y me quedo quieto.

Lo observo mientras se dirige a la puerta, vestido sólo con su ropa interior. Será mejor que no sea una mujer, porque no quiero que nadie más vea sus calzoncillos abrazando sus muslos con fuerza. Es entonces cuando me doy cuenta de que todos sus tatuajes en los brazos y el pecho están en exhibición. No me di cuenta de que tenía tantos. Llevaba mangas largas cuando lo conocí y sólo algunos de los tatuajes asomaban en su muñeca. No sé qué tiene su lado duro que me atrae hacia él. Nunca antes había conocido a alguien como él, y los hombres como él no corren en los mismos círculos que yo toda mi vida. Quizás por eso nunca supe qué era la atracción hasta que lo conocí.

Cuando se abre la puerta, escucho a Paine sonar enojado con quienquiera que sea. "Esto es una maldita propiedad privada". No puedo ver a su alrededor, su gran cuerpo llena la puerta y bloquea la vista, pero sé quién es cuando una voz familiar habla.

"¿Dónde está mi hija?"

"Donde se supone que debe estar", responde Paine. Me bajo del mostrador e intento pasarlo para enfrentar a mi padre, no quiero que se vayan a las manos.

"Sé con certeza que ella no está con su prometido", dice mi padre, pero está claro que Scott le dijo con quién estaba yo. No hay otra forma en que mi padre pudiera saber que estaba aquí con Paine.

"Entonces pensaste mal porque estás mirando a su maldito prometido". No falta el tono posesivo en la voz de Paine.

"Para. Ustedes dos." Finalmente paso junto a Paine y me agacho bajo su brazo en un movimiento rápido, pero no llego muy lejos. Envuelve un brazo alrededor de mi cintura, tirando de mí hacia su frente.

El aire frío de la noche golpea mis piernas, recordándome que solo llevo puesta la camiseta de Paine. Por suerte para mí, es un maldito gigante y la cosa casi me pone de rodillas.

Mi papá me mira con disgusto. Como si tuviera espacio para hablar. No sólo está casado con una mujer cinco años mayor que yo, sino que todo el mundo sabe que se acuesta con ella. Tengo la sensación de que ella también, por las miradas que le lanza a mi hermano en la cena de Acción de Gracias.

"Ponte algo de ropa. Nos vamos".

"Ella no irá a ninguna parte", responde Paine por mí. No sé por qué mi padre me intimida tanto, pero lo estoy y me alegro de tener a Paine detrás de mí.

"Tu abuela resultó herida. Tuvimos que llamar al médico para que saliera. Ella pregunta por ti, Penny", dice mi padre, usando un apodo que no he escuchado en años.

"Déjame recoger mis cosas". Intento liberarme de los brazos de Paine, queriendo llegar a ella lo antes posible, pero él me agarra con fuerza.

"Danos cinco y estaremos listos", dice Paine, finalmente dejándome ir.

"No lo dejaré entrar a la propiedad". El tono de mi padre es definitivo y sé que no lo hará. Llamará a la policía y encarcelará a Paine.

"Yo no voy, ella no va".

"Entonces le diré a tu abuela que no te molestarás". Mi padre se da vuelta para irse y me enoja mucho que siempre diga "tu" abuela, como si ella no fuera nada para él. Como si ella no fuera la madre de su difunta esposa. Como si ella no fuera su suegra.

"¡No, espera!" Le grito, haciéndolo girar para mirarme. Tiene una sonrisa en su rostro, lo que hace que las arrugas alrededor de su boca sean más prominentes. El tiempo no ha sido bueno para papá estos últimos cinco años. La mayor parte de su cabello ahora sería gris si no lo teñiera. Incluso ha engordado algo.

"Duquesa", dice Paine, agarrándose de mi brazo. Su agarre deja claro que no me dejará ir.

"Me pediste que confiara en ti, Paine. ¿Puedes confiar en mi? Tengo que ir. Voy a volver." Lo miro a los ojos, deseando que vea lo que vi hace unos momentos cuando estábamos juntos en la cocina, hablando de la vida que queríamos.

"No cuentes con ello", escucho a mi padre decir detrás de mí, y puedo ver la tensión saliendo de Paine.

"Ella saldrá en un minuto". Paine me empuja hacia la casa y cierra la puerta detrás de nosotros. "No me gusta esto. Creo que está jugando a algo".

"Permítame verificar." Separándome, regreso a su habitación donde encuentro mi bolso y saco mi teléfono para llamar a Law. Paine observa cada uno de mis movimientos como un halcón mientras llamo a mi hermano. Él contesta al segundo timbre y voy directo al grano.

"Ey. ¿Está bien la abuela? Papá me acaba de decir...

"No he podido verla todavía. El médico todavía está allí, revisándola", dice Law, interrumpiéndome.

"Bueno. Estoy en camino."

Cuelgo el teléfono y lo vuelvo a guardar en mi bolso. "Tengo que ir."

"Lo sé. Simplemente no me gusta. Todo el cuerpo de Paine parece estar lleno de rabia.

Camino hacia él y levanto la mano para agarrarle la cara. Lo acerco al mío para que solo estemos separados por un suspiro. "Quiero lo que hablamos", le digo, haciéndole saber que volveré con él.

Me besa con fuerza antes de alejarse de mala gana. "No limpies. Si sales de esta casa sin mí, el semen en tus muslos y tu coño se queda ahí. Debería estar consternado, pero no lo estoy. Me gusta que todavía huelo a él. Que cuando me vaya, una parte de él se viene conmigo. Asiento y me retiro al baño.

Me pongo rápidamente el vestido y los zapatos. Tiro la camisa de Paine sobre la cama. Cuando entro al dormitorio, veo que Paine también está vestida y camina de un lado a otro como un animal enjaulado.

"Dolor". Mi voz hace que se detenga y se gire para mirarme.

No puedo leer la expresión de su rostro, pero extiendo la mano, deseando que venga hacia mí. Se acerca y su gran mano envuelve la mía. Lo conduzco por el pasillo hasta la puerta principal. La abro y veo a mi padre todavía parado allí.

Volviéndome hacia Paine, le aprieto la mano. "Te llamaré cuando tenga noticias".

"Me llamarás cada hora", corrige Paine, pero no me mira. Está en una pelea de miradas con mi padre.

"Está bien, te llamaré cada hora". Lo cual haré si eso lo calma un poco y lo tranquiliza.

"No sé cuál carajo es su juego, alcalde, pero lo resolveré. Y cuando lo haga, te quemaré".

"Cíñete a las cosas que sabes, Paine. Como arreglar autos. No querrás enredarte conmigo". Mi papá mira con desprecio a Paine. Algo que le hace a mucha gente y me da ganas de arremeter. Ahora no es el momento de ponerse del lado malo cuando se interpone entre mi abuela y yo.

"Ya estamos enredados. ¿Apareces en mi propiedad, te llevas a mi chica y no crees que eso es todo? Quizás eres tú quien no es demasiado brillante".

"Suficiente." Me meto en medio de su pelea de mear, que sé que simplemente se intensificará. "Vamos, quiero llegar antes de que se vaya el médico. Quiero escuchar lo que tiene que decir". Empiezo a salir del porche, pero Paine me atrae hacia él y me besa fuerte y posesivamente.

"Toma esto." Me entrega su teléfono.

"Tengo la mía." Le indico mi bolso debajo del brazo.

"Quiero que tomes este". Puedo decir por su tono que no hay discusión. Agarra mi bolso, saca mi teléfono y me lo devuelve. "Me quedo con el tuyo. Puedes comunicarte conmigo al respecto".

No sé lo que está haciendo, pero simplemente lo sigo. Le doy una última mirada a Paine mientras entro al auto de mi padre.

Mientras el auto se aleja, espero que él me hable sobre Paine y Scott, amenazándome y exigiendo que vuelva con Scott, pero no lo hace. Él adopta una táctica diferente.

"El dolor no te llevará a ninguna parte en la vida, Penny. Sólo quiero lo mejor para ti. Pensé que si te presionaba para que te casaras con Scott, verías que él era el adecuado para ti. Sería bueno para ti. Él va a lugares".

"Él no es." Mi respuesta es plana y sin emoción. Está ahí en sus palabras. Scott está yendo a lugares y supongo que mi papá quiere su mano en esos lugares. No tengo idea de a qué está jugando con este enfoque suave y afectuoso. Esto no se parece en nada a cómo se sentía él hace unos días cuando me decía lo que haría y lo que no haría.

Suspira profundamente, haciéndome mirarlo. Lo veo mirando el teléfono celular que me dio Paine, haciéndome agarrarlo con más fuerza antes de guardarlo en mi bolso.

"Discutiremos esto más tarde. Volvamos a casa y veamos cómo está tu abuela".

El resto del trayecto de veinte minutos a casa está en silencio. Salgo del auto antes de que se detenga por completo y corro hacia la puerta principal tan rápido como me permiten mis talones. Subo corriendo las escaleras y me dirijo al ala este, y me quedo sin aliento cuando llego al pasillo.

Cuando llego a la puerta, veo a mi hermano sentado afuera, todavía en uniforme, y sus ojos se encuentran con los míos.

"El médico acaba de irse. La abuela está durmiendo".

Estoy aliviado y triste. Quería verla, pero si el médico se fue y no la transfiere al hospital, entonces debe estar bien.

"¿Qué pasó?" Me giro para ver si mi padre me siguió, pero no lo hizo. No parece demasiado preocupado por la abuela, pero no se preocupa por ninguno de nosotros a menos que tenga alguna utilidad para nosotros. Al no venir a ver cómo está, queda claro que ella no tiene algo que él necesita en este momento. Excepto tal vez por su dinero.

"Tuvo un mareo, tuvo una pequeña caída y se golpeó la cabeza. Afortunadamente, no se rompió nada y solo tiene un pequeño hematoma en la frente".

"Oh, gracias a Dios.'

Law me lleva a sus brazos y me da un abrazo. "Ella esta bien. ¿Por qué no te acuestas y podrás verla a primera hora de la mañana? Asiento en su pecho, pero por alguna razón siento que está tratando de deshacerse de mí. No es algo que quiera contemplar ahora, así que lo dejé pasar. Este día ha sido largo y ha estado lleno de más emociones de las que puedo soportar. Necesito dormir y mi cama me llama. Ojalá pudiera estar en la cama de Paine, pero ésta está cerca de la abuela.

Soltando a Law, le digo buenas noches y me dirijo al otro lado de la casa. Cuando llego a mi habitación, me dejo caer en la cama, me quito los zapatos y dejo el bolso a mi lado, sin importarme que todavía esté en vestido. Dejo que mis ojos se cierren hasta que escucho sonar un teléfono. Distraídamente, tomo mi bolso, saco el teléfono de Paine y lo acerco a mi oreja.

"¡He estado tan preocupada! Te perdiste nuestra cita para la ecografía. ¿Por qué no me has respondido el mensaje de texto en todo el día? ¿Estaba la tienda tan ocupada? La mujer al otro lado de la línea explota con preguntas tan pronto como contesto.

"Debes tener el número equivocado", le digo, pensando que está demasiado nerviosa para casi la una de la madrugada.

Hace una pausa por un segundo, supongo que verifica el número que marcó. "No, este es el número de mi novio Paine. El hombre cuyo bebé estoy embarazada. La cita con el bebé a la que se perdió hoy", grita cada palabra más fuerte que la anterior, y las ganas de vomitar me hacen soltar el teléfono. Corro hacia el baño, perdiendo todo lo que Paine me hizo comer antes.

Me acuesto en el frío suelo de baldosas y dejo que las lágrimas fluyan. Puedo oír el teléfono sonar una y otra vez en mi habitación.

¿Cómo pude haber sido tan jodidamente estúpido? Todas las cosas que Paine dijo esta noche pasan por mi cabeza. De repente, pienso en todas las veces que recuerdo a chicas en mi dormitorio llorando por hombres con los que habían salido y que las habían llenado de mentiras para meterse en sus pantalones.

Me levanto del suelo y abro la ducha, deseando quitarme su olor. Es demasiado para soportar. Me froto el cuerpo para limpiarlo, eliminando su aroma, pero los pequeños mordiscos de amor que dejó aún se ven. Verlos hace que un sollozo se escape desde lo más profundo de mi interior. Cierro la ducha, agarro mi bata y vuelvo al dormitorio. Veo seis llamadas perdidas, todas de mi número, lo que significa que es Paine. Busco sus contactos, pero el único número programado es el mío.

Paine vuelve a llamar, pero simplemente lo borro y hago clic en sus mensajes de texto. Veo un montón del número que llamó, diciendo ser la novia de Paine. Desplazo algunos y los leo. Una es una imagen de una ecografía. Los demás hablan de extrañarlo y otro habla de todas las cosas sucias que ella le va a hacer. Dejo caer el teléfono y ya no puedo mirarlo.

¿Qué pasa si estoy embarazada? Paine no usó nada conmigo. Tal vez sea su extraño problema o algo así. Le gustaba andar a pelo y tal vez por eso tiene un bebé en camino.

El teléfono vuelve a sonar. Es Paine llamando. Debería simplemente apagarlo, pero mi ira se apodera de mí. No podría haber fingido todo conmigo esta noche, y tal vez sienta algo por mí, pero está claro que también tiene a alguien más. ¿Qué puede decir? "No, duquesa, quiero estar contigo, no con ella". Oh, cariño, simplemente abandona a tu ex para la nueva aventura. ¿Qué pasa cuando aparece alguien más que te llama la atención? Gracias pero no gracias.

Levanto el teléfono, queriendo hacerle daño. No le doy la oportunidad de hablar antes de empezar. "Paine, se acabó. Vuelve con tu novia embarazada y déjame en paz. Me casaré con Scott". Cuelgo antes de que pueda responder. Pongo el teléfono en silencio y lo vuelvo a guardar en mi bolso. No puedo soportar mirarlo porque es algo que simplemente me recordará a él.

Tirando mi bolso en mi mesa de noche, tiro la caja del anillo que Scott me dio cuando me pidió que me casara con él. Bueno, supongo que decir que preguntó no es correcto. Fueron él y mi padre quienes me dijeron que era una gran idea y que Scott y yo encajamos perfectamente. Abro la caja y miro el diamante gigante. No se parece en nada al anillo que pensé que usaría algún día. El que me dio mi abuela pasa por mi mente, pero alejo la imagen. Si no voy a estar con Paine, también podría facilitar las cosas por aquí. Deslizo el anillo de Scott en mi dedo sin intención de casarme con él, pero tal vez eso me dé algo de tiempo para resolver las cosas. Quítamelos de encima. Supongo que Paine no querrá resolver mis problemas ahora.

Las lágrimas empiezan a correr de nuevo hasta que el cansancio me reclama.

# Capítulo 10

dolor

"Déjame entrar, Law".

"Ya te lo he dicho cinco veces. La respuesta es no. Son las tres de la mañana. Cualquier cosa que necesites decirle a Penélope puede esperar hasta mañana".

Está parado frente a la casa, solo con jeans y una camisa. Estoy seguro de que podría hacerse oficial y llevarme a la cárcel, pero debe sentir la desesperación en mí lo suficiente como para darme un pase.

Sé que es tarde y su abuela está enferma. Sólo necesito esperar hasta que amanezca y arreglar esto, pero me estoy volviendo loco porque aunque sea por un segundo ella piense que he estado con otra persona. No he tocado a una mujer en años. Ni siquiera tuvo un beso. Es científicamente imposible para mí tener un bebé con alguien. Quiero poder hablar con Penélope y explicarle esto, pero ella no contesta el maldito teléfono.

Suspirando, me doy vuelta y camino hacia mi auto. Aprieto los puños, increíblemente frustrada. Todo lo que puedo escuchar es su voz quebrada en mi cabeza. Me sorprende que ella piense que alguna vez podría hacerle algo así, engañarla de esa manera. ¿Una novia embarazada? ¿Se va a casar con Scott? No lo toleraré.

Me alejo de la casa y me subo a mi camioneta. No quería traer la motocicleta porque hace mucho ruido y sé que a su abuela no le va bien. Entro y me alejo de la casa, mirando por el retrovisor mientras Law entra y apaga la luz del porche.

Doy la vuelta a la manzana y estaciono junto a la valla en la parte trasera de la propiedad. En silencio, salto los muros de la finca y me arrastro entre los árboles a través del bosque. Cuando llego a la parte trasera de la casa, subo por la barandilla del porche. Puedo subir al balcón del segundo piso y me escondo en las sombras, sin saber en qué habitación estoy afuera.

Esta noche no hace demasiado frío y, por suerte para mí, las puertas están abiertas. Espero un sonido y, cuando no lo escucho, entro de puntillas. No doy cinco pasos antes de que se encienda una lámpara de noche. Me detengo a medio paso, atrapado en el acto.

"Tú debes ser el hombre por el que mi nieta está retorcida".

Me giro y miro hacia la cama, viendo lo que parece una Penélope mucho mayor. Ella y su abuela son casi idénticas, su abuela sólo tiene algunas líneas suaves. Ella está en la cama, pero vestida con una bata, su largo cabello trenzado y cayendo sobre un elegante hombro. Ella cruza las manos sobre su regazo, esperando pacientemente a que hable.

"¿Ella te habló de mí?" No sé por qué estas son las primeras palabras que salen de mi boca.

"No, pero ella y yo compartimos un vínculo estrecho. Sé cuando algo la preocupa y tú, querida, eres el problema.

Levanto las manos y empiezo a defender mi caso, pero ella inclina la cabeza hacia un lado y me sonríe. Ella extiende la mano y da unas palmaditas en la silla al lado de su cama, y yo me acerco y tomo asiento.

"¿La amas?" Mi boca se abre ante sus preguntas sinceras. "Escucha, cuando llegas a mi edad, las cosas se vuelven más simples. Si quieres saber algo, preguntas. Entonces te lo pregunto. ¿Qué es lo que te tiene aquí a hurtadillas en mitad de la noche?

Siento una media sonrisa bailar en mi cara. Este es mi tipo de dama.

"Ella es algo especial para mí y algunas cosas se torcieron esta noche. Estoy aquí porque ella no contesta el teléfono y me deja explicarme. Está molesta y es por una mentira. Estoy aquí para decirle la verdad. Y si no te importa, me gustaría reservarme la confesión de mis sentimientos para dárselos directamente a Penélope. Creo que es justo que ella lo escuche primero".

"¿Vas a dejar que se case con ese idiota de Scott?"

"No, señora." Mi respuesta es rápida y feroz. "Ella es mía y te juro que la protegeré y la apreciaré por el resto de nuestras vidas. No sé qué pasó esta noche, pero lo arreglaré y nunca dejaré que se vaya de mi lado.

Puede que no pueda darle todo esto", agito mi mano para indicar la propiedad, "pero la trataré mejor que nadie. No hay ningún hombre vivo que pueda cuidar de ella mejor que yo.

Ella me da una suave sonrisa y apoya la cabeza contra la almohada. Después de un segundo, cierra los ojos y luego los vuelve a abrir. Parece con los ojos un poco llorosos cuando se acerca a la mesita de noche y abre un cajón. Saca una pequeña caja de anillos y me la pasa.

"Me recuerdas a mi difunto esposo, James. Empezamos sin nada más que amor, pero maldita sea si él no me amaba lo suficiente como para que nunca necesitara nada más". Ella suelta la caja y la rodea con mi mano. "Ella está al final del pasillo, cuarta puerta a la derecha".

Agarro la caja y luego la deslizo en mi bolsillo. Sé lo que es y sé lo que significa. Por más cercana que sea Penélope a su abuela, me alivia tener su bendición.

De pie junto a la cama, la miro y veo lo cansada que parece. Inclinándome, le doy un pequeño beso en la mejilla y su mano sube para tocar mi barba. Cuando me alejo, ella sonríe y luego sostiene su mejilla donde la besé.

"Olvidé cuánto extrañaba la barba de James. Ve a buscar a tu chica".

Dicho esto, me doy vuelta y salgo de la habitación, caminando silenciosamente por el pasillo. Cuento y cuando llego al cuarto, le acerco el oído y escucho. Escucho ligeros ronquidos y sonrío. Esa es mi duquesa.

Al abrir la puerta, veo su silueta en la cama. Puedo distinguirla por la luz de la luna que entra. Camino hacia la cama y me desnudo a medida que avanzo. Cuando estoy completamente desnuda, me quito las mantas y me meto detrás de Penélope.

Está envuelta en una bata que le sube por las caderas y puedo ver que está desnuda debajo. Me pongo encima de ella y ella se despierta, sus ojos grises se agrandan. Pongo mi mano sobre su boca cuando ella comienza a gritar y coloco mi dedo sobre mis labios.

"Shh, duquesa. Vas a escucharme. No entrar en pánico."

Ella me grita desde debajo de mi mano, pero me inclino y beso su cuello para ayudarme a calmarme. Todavía puedo sentirla luchando contra mí y llamándome algunos nombres.

Inclinándome, la miro a los ojos y puedo ver que está muy enojada conmigo. "Puedes llamarme como quieras, duquesa. No iré a ninguna parte hasta que me escuches".

Intenta mover las piernas y darme patadas, pero lo único que consigue es abrirlas más. La acción también empuja mi polla contra su núcleo desnudo.

La abrazo con fuerza y la espero, besando su cuello y clavícula. "Estás muy alterado y ni siquiera me has preguntado si algo es cierto. Escuchaste algo de alguien y asumiste lo peor. ¿Por qué bebé? ¿Qué te he hecho para hacerte pensar que todas mis palabras no son ciertas?

Mirándola a los ojos, puedo ver que está empezando a dudar y que parte de su ira desaparece.

"Penélope, dijiste que tenía una novia embarazada, lo cual es imposible. No he estado con nadie más que con mi mano en años. Un número vergonzoso de años, de hecho. Así que no sé quién te dijo qué, pero todo son mentiras".

Siento que se desinfla completamente debajo de mí y lentamente retiro mi mano. No muevo mi cuerpo del de ella. En lugar de eso, presiono la de ella con más fuerza, dejándola sentir la cresta de mi polla contra su cálido y abierto coño.

"¿Crees que te mentiría sobre algo así?" Ella me mira a los ojos y, después de un segundo, niega con la cabeza. "Así es, duquesa. Nunca haría nada para lastimarte. Siempre te diré la verdad y nunca te ocultaría algo así".

Muevo mis caderas, arrastrando la vena gruesa en la parte inferior de mi polla a través de su sensible clítoris. Ella gime ante el movimiento y agarro sus muñecas, sosteniendo sus manos por encima de su cabeza. Cuando voy a entrelazar mis dedos con los de ella, siento un anillo en su dedo. Uno que estoy seguro que no puse ahí.

Sentándome un poco, tomo su mano y la levanto, viendo el diamante en su dedo. "Quiero decir algunas palabras sobre esto, pero estoy pensando en cómo sacaste conclusiones conmigo, así que te daré tres segundos para explicar esto".

Levanta la mano, se quita el anillo del dedo y lo coloca sobre la mesa al lado de la cama. "Estaba loco. Y aunque no tengo ninguna intención de casarme con él, pensé que la vida sería más fácil si así fuera".

Me agacho entre nosotros, agarro mi polla y la pongo en su entrada. Empujo con fuerza dentro de su cálido y dispuesto coño y follo dentro y fuera de ella. Aprieto los dientes y le mantengo las piernas abiertas, dejándola sentir mi necesidad.

Nos miramos a los ojos y levanto la mano para agarrar su barbilla. "Nadie más que yo pone un anillo en ese dedo. ¿Me tienes, duquesa?

Ella asiente con la cabeza y sigo empujando con fuerza, se le escapan pequeños gemidos. Su coño está empapado y toma mi polla gorda con facilidad. Sus caderas se elevan un poco, dándole la bienvenida a mi polla profundamente.

"¿Me sientes desnudo dentro de ti, duquesa?" Cuando ella vuelve a asentir, le sujeto las muñecas y me inclino para que sus duros pezones rocen mi pecho. "Nunca he estado crudo con nadie hasta que tú. Nunca habrá nada entre nosotros. Así que tampoco dejes que la gente intente interponerse entre nosotros. ¿Me tienes? "

"Te tengo", susurra, y tomo su boca. La beso bruscamente y luego me separo para chuparle la teta. Ella gime cuando muerdo uno y luego lo lamo mejor. No puedo esperar para criarla y tenerlos goteando leche.

Me agacho entre nosotros y sostengo sus caderas con ambas manos, inclinándolas un poco hacia arriba para poder obtener un ángulo profundo. Me aseguro de alcanzar su punto ideal cuando toco fondo y siento su coño apretarse alrededor de mi polla con cada embestida.

Cuando siento que su cuello uterino besa la punta de mi polla, la sostengo allí y la pulso dentro y fuera ligeramente. "Quiero que te corras así para que tu cuerpo se abra para recibir mi semilla, duquesa. Voy a mantener mi polla aquí, para que cuando te corras, pueda vaciarla dentro de ti. Asegúrate de haberte criado bien.

Ella se aprieta ante mis palabras y, después de unas cuantas piedras contra ella, se corre. Tiene que cubrirse la cara con una almohada para amortiguar los gritos de éxtasis. Su coño caliente palpitando alrededor de mi polla me hace salir con ella. Me concentro en disparar en su punto ideal, sabiendo que quiero que mi bebé crezca dentro de ella.

Después de que mis bolas estén completamente drenadas y ella haya bajado de su punto máximo, nos doy la vuelta para que mi polla todavía esté dentro de ella y la acerco a mí.

"No quiero que vuelvas a alejarte de mi lado".

Penélope se sienta y me mira a los ojos, asintiendo con la cabeza. "Nunca más."

La empujo perezosamente mientras ella se queda dormida encima de mí. Le froto la espalda con las yemas de los dedos, finalmente tranquila ahora que volvemos a estar juntos.

# Capítulo 11

Penélope

Paine me abraza contra él, sus brazos me rodean con fuerza mientras yo sollozo incontrolablemente. No tengo idea de lo que habría hecho hoy sin él. Él ha sido mi apoyo en todo. Ayudándome a realizar los movimientos.

Cuando fui a ver a mi abuela esta mañana, la encontré inconsciente. El resto fue una mancha de luces rojas y los médicos me decían que no podían hacer nada. Ella se fue. Había fallecido fácilmente mientras dormía en algún momento de la noche.

Es tan inquietante estar en un hospital y que te digan que alguien a quien amas se ha ido. Luego le dijeron que se fuera a casa. Simplemente te vas sin tu ser querido. No sé por qué pensé que esto era tan extraño, pero me impactó mucho. No quería salir del hospital, me parecía demasiado pronto y demasiado definitivo. Todavía había mucho más que necesitaba decir mientras las enfermeras y los médicos se movían a mi alrededor atendiendo a otros pacientes. Pero tenían razón. No había ningún motivo para estar allí. Pero no quería volver a casa.

"Déjalo salir todo, duquesa". Paine me acaricia el pelo mientras me mece lentamente en su regazo. Ya estamos de vuelta en su casa, en su cama. No tengo idea de cuánto tiempo he estado en su regazo ahora, pero no hay ningún otro lugar donde quiera estar en este momento.

Cuando los sollozos finalmente cesan y no creo que pueda derramar otra lágrima, Paine me acuesta en su cama y me mete bajo las sábanas. "Bebé, necesitas comer". La mención de comida hace que se me revuelva el estómago y sacudo la cabeza.

Se deja caer a mi lado. Suavemente me quita un poco de pelo de la cara y pienso cómo pude haber creído que me haría daño. Este hombre que me ha estado manteniendo unida todo el día nunca me haría daño ni un pelo de la cabeza. Quiero castigarme por dudar de él, lo que me hace llorar aún más.

"La última conversación que tuve con ella estuvo llena de mentiras", le digo, confesando mis errores. "Hablé de esa estúpida boda. Ojalá le hubiera hablado de ti. Debería haberme encantado eso. Deberías haber oído la forma en que hablaba de mi abuelo".

"Lo hice, duquesa", susurra mientras coloca una caja de terciopelo rojo entre nosotros. Me doy cuenta de que me resulta familiar porque lo había estado sosteniendo el día anterior. "¿Cómo...?" Extiendo la mano para agarrarlo, pero él lo arrebata y me da una dulce sonrisa. No sabía que un hombre como Paine pudiera tener una dulce sonrisa, pero ahora está ahí en su rostro, todo suave y cálido.

"Ella me dejó entrar anoche". Abre la caja y saca el hermoso anillo, en contraste con sus manos duras y ásperas. "Ella sabía que quería que fueras feliz y le dije que pasaría mi vida asegurándome de que lo fueras. Ella sabía mucho más de lo que crees y creo que vio en mí lo que tú haces. Luego me dio el anillo".

Me siento, sin saber qué decir. ¿Habló con mi abuela anoche y ella le dio el anillo? Él permanece de rodillas junto a la cama y yo lo miro.

"Quería hacer esto diferente, regalarte flores y decir palabras llenas de poesía. Algo que una mujer como tú merece".

"¿Una mujer como yo?" Cuestiono, sin saber lo que quiere decir.

"Una duquesa".

"Tu duquesa", corrijo, haciendo que sus ojos se vuelvan posesivos.

"Puede que no tenga un castillo donde alojarte, pero te construiré uno si eso es lo que quieres".

"Sería feliz siendo tu duquesa dondequiera que me pongas, Paine. Si lo preguntaras".

"Lo estoy intentando, cariño", bromea, haciéndome sonreír por primera vez en todo el día. De esto estaba hablando mi abuela. A ella no le importaban todas las cosas que le daba mi abuelo. Era simplemente estar con él. Me doy cuenta de a qué se refería y eso tampoco me importa. La idea de volver a la gigantesca finca familiar no le resulta atractiva. Quiero quedarme aquí en la casa de Paine por el resto de mi vida.

Paine me agarra la mano y sus dedos ásperos recorren mis nudillos antes de deslizarme el anillo. Se inclina para besarme y su boca toma la mía posesivamente como nunca antes. Éste está reclamando, como si estuviera tratando de dejar una marca en mí para que el mundo la vea. El deseo recorre mi cuerpo y trato de acercarlo más a mí, deseando su cuerpo contra el mío. Justo cuando tengo este pensamiento, él rompe el beso y frota su mejilla contra la mía, ambos respirando con dificultad. Su barba es áspera contra mi suave piel y me inclino hacia ella, amando la sensación.

"Nada de eso esta noche, cariño. Necesita dormir."

"Dijiste que me darías lo que quisiera". Intento hacer un puchero, pero él me da la vuelta, de espaldas a él mientras se arrastra detrás de mí y me rodea con sus brazos. Me acerca de espaldas a él mientras me abraza y cierro los ojos ante la sensación de seguridad. Esto es algo que podremos hacer por el resto de nuestras vidas, y siento otra sonrisa dibujarse en mis labios.

"Duerme", me susurra al oído antes de darme un beso en el cuello.

"Ni siquiera me pediste que me casara contigo".

"No", dice, y me rodea con sus brazos aún más fuerte. Tengo la sensación de que muchas cosas con Paine van a ser así. Quiere algo y lo toma. Debería enojarme, pero lo único que hago es sonreír y quedarme dormido.

# Capítulo 12

dolor

Una vez que sé que está dormida, salgo de la cama y le doy un beso en el hombro desnudo. Joder, me encantará tenerla en nuestra cama todas las mañanas antes de ir a trabajar. La dejaré abrigada en nuestra cama, sabiendo que estará aquí cuando llegue a casa. Puede que no pueda darle un castillo como le dije, pero ella nunca se quedará sin él. Haré cualquier cosa por tener la vida que vamos a tener juntos, y nadie va a joder a mi chica. Estos pequeños juegos están más que terminados. Hecho. Siguen intentando quitármela y ahora seré yo quien se la lleve.

Su abuela me la dejó y me aseguraré de que la cuiden como debe ser. Sé que los próximos días van a ser difíciles y no quiero que nada los haga más difíciles de lo necesario. Me aseguraré de que algunas personas se mantengan fuera de nuestro camino. Ya han hecho suficiente daño. Ha pasado las últimas dos noches llorando: anoche por algunas mentiras que alguien le dijo y esta noche por su abuela. La primera noche fue culpa suya y esa mierda no estuvo bien.

Me cambio de ropa, agarro las llaves de mi bicicleta y la hago rodar por el camino de entrada para que no despierte a Penélope cuando la enciendo. Finalmente se desmayó y necesita descansar para superar todos los detalles del funeral. Cuando me alejo lo suficiente, abro mi teléfono y llamo a Butch.

"Yo", dice sobre el fuerte ritmo de la música dance. Probablemente esté en algún bar, persiguiéndolos.

"Necesito que vigiles mi casa durante una hora".

"Estoy en camino." La línea se corta y sé que llegará rápidamente sin hacer preguntas.

Me subo y enciendo el motor, el helicóptero cobra vida con un rugido. Cruzo la ciudad con un lugar en mente, sabiendo que Butch se asegurará de que nadie moleste a mi chica mientras estoy fuera.

No me costó mucho darme cuenta de que algo no estaba bien. Todo comenzó en el hospital cuando los médicos dirigían todas sus preguntas a Penélope y Law mientras su padre permanecía en silencio a un lado. Me sorprendió un poco que hubiera aparecido en el hospital, pero ¿cómo se vería si el alcalde no lo hubiera hecho? Para él todo era verse bien ante el público. Era bueno ocultando la mierda que lo cubría.

No le había prestado mucha atención al alcalde hasta ahora porque no tenía ningún motivo para hacerlo. Mientras él se mantuviera fuera de mi camino, me importaba un carajo. Muchas veces me pregunté cómo fue elegido, pero la respuesta simple fue dinero, y ahora estoy empezando a preguntarme si tiene dinero. Sé que se casó con un miembro de la familia de Penélope, pero no sabía cuánto control tenía sobre ello. Realmente estoy empezando a sospechar que no es ninguno.

Cosas como hacer que Penélope se casara con Scott, su mano derecha, realmente estaban empezando a tener sentido ahora. No entendía por qué estaba tan empeñado en hacerlo, llegando incluso a amenazar a su propia hija si no lo hacía. Sí, puedo imaginar que un tipo como él no quisiera que ella se fuera a vivir con el mecánico local, pero obligarla a casarse con cierto hombre estaba anticuado, a menos que él necesitara controlarla. Parece que ha estado haciendo eso con la abuela de Penélope hasta cierto punto. Tenía la sensación de que algunas cosas saldrían a la luz pronto.

Cuando llego a casa de Tammy, golpeo la puerta, sin importarme lo ruidoso que esté siendo. Conozco el interior de Scott; su auto está estacionado en su camino de entrada. También sé que fue Tammy quien llamó a mi chica anoche. Me importa un carajo si es mujer. La enterraré junto con el alcalde y Scott. Volví a llamar al número y cuando contestó, reconocí su voz. Simplemente colgué y otra cosa encajó en su lugar. No iba a discutir con ella por teléfono. No, quería hacerlo en persona para que ella y Scott pudieran ver que no estaba jodiendo. Que no estoy jugando.

Cuando abre la puerta, su cara es de sorpresa, pero rápidamente cambia a lo que creo que se supone que es seductor. Ella hace pucheros y deja que su bata se abra, revelando que solo tiene ropa interior. Miro más allá de ella y veo a Scott sentado en el sofá, sin siquiera mirar hacia aquí, con los ojos fijos en la televisión.

¿Quién diablos dejaría que su mujer abriera la puerta después de medianoche vestida así? "Cierra tu maldita bata. No tienes nada que quiera ver".

Scott salta del sofá después de escuchar mi voz. Puedo decir que está a punto de decir algo, pero lo interrumpo.

"No sé a qué estás jugando, pero cualquiera de los dos hace otra cosa para lastimar a mi mujer y yo te mataré. Tengo mucha tierra y los cuerpos no son tan difíciles de esconder".

Tammy da un paso atrás y se envuelve la bata con más fuerza después de escuchar mi advertencia. Scott sigue ahí parado y no entiende el maldito mensaje.

"No puedes..." Le lanzo una mirada, doy un paso hacia la casa, y él se retira, cerrando la boca. Es lo más inteligente que ha hecho hasta ahora.

"Mi abogado se pondrá en contacto contigo mañana, Scott. Penélope y yo queremos ver todos los trámites sobre el patrimonio de su familia y el testamento. No confío en ti, y si encuentra incluso una cosa fuera de lugar, cualquier cosa que indique que tú y ese cabrón del alcalde estaban haciendo algo que no deberían haber estado haciendo, entonces será mejor que esperes que Law te ponga las manos encima. antes que yo".

Con eso me voy. No tiene sentido discutir con él. No quiero escuchar lo que tiene que decir porque no importa. Lo único que importa es volver con mi chica, prepararle algo de comer y volver a la cama con ella antes de que despierte.

# Capítulo 13

dolor

Ella aprieta su coño en mi cara mientras yo agarro su trasero con ambas manos. La abrazo fuerte para no agarrar mi polla y acariciarme mientras ella toma su placer de mi cara, algo que estoy más que dispuesto a darle.

"¿Te gusta tu trono, duquesa?" Froto mi barba contra su coño, lo que la hace gemir y empujarme hacia la cara. Joder, me encanta lo abierta que se ha vuelto en las últimas dos semanas. Mi polla no está tan segura, porque ella siempre lo tiene en constante estado de necesidad. Tiraré una carga dentro de ella solo para que ella comience a intentar sacarle otra. Y ahora mismo está rogando que le suelten uno, pero no se lo permito. Lo quiero profundamente dentro de su coño antes de que él tenga el suyo. La he estado llenando hasta la última gota que he podido, intentando que mi bebé entre en ella lo antes posible.

Miro hacia arriba mientras ella monta mi cara, su cabello cae a su alrededor mientras se inclina hacia adelante para agarrar la cabecera. Sus grandes tetas rebotan con cada deslizamiento de un lado a otro por mi cara. Hace que el semen se filtre por la cabeza de mi polla y gotee hasta mis pelotas.

Si me preguntas, es un desperdicio de buena semilla, pero guardaré el resto. Agarrando sus caderas, detengo sus movimientos, chupando su clítoris en mi boca. Me voy a correr encima de mí si no me meto en ella pronto. Ella se sacude contra mi cara mientras succiono su orgasmo de su cuerpo y lo bebo hasta mi garganta.

Cuando el pulso en su coño se detiene, le doy la vuelta y la pongo boca abajo en la cama. Usando mis rodillas para abrirle las piernas, empujé mi gruesa polla hacia casa.

"Dolor". Ella gime mi nombre, haciendo que un chorro de semen se derrame dentro de ella. Mierda. Aún no.

"¿Te gusta este? ¿Cuando tomo el mando? ¿Hacer lo que quiera con este cuerpo ahora que me pertenece? Me deslizo, esta vez con más fuerza, y mi polla toca su útero. Agarra la cabecera con más fuerza para ayudar a su pequeño cuerpo a prepararse para mis embestidas. Ella me ruega por más y que la folle más fuerte. Mi niña sucia.

Me dejo caer más sobre ella, dándole algo de mi peso mientras uso mis rodillas para abrirla aún más. Quiero en ella lo más profundo que pueda. Mi pecho cubre completamente su espalda y agarro un puñado de su cabello, girando su cabeza para poder poner mis dientes en su cuello. La muerdo y la beso allí, luego me abro camino hasta su hombro. Aprendí sus lugares favoritos y qué decir. A mi pequeña duquesa le encanta cuando le hablo obscenidades. Una noche estaba jugando con sus pezones, diciéndole todas las cosas que le iba a hacer, y ella se corrió sin que yo le tocara el coño.

Le di una palmada en el culo por desperdiciar un orgasmo que mi boca o mi polla no pudieron saborear. Luego la até a la cama mientras la limpiaba con la boca, y luego obligué a que me diera dos más para lamer su lindo coño. No sabía que un coño podía ser tan jodidamente bonito, pero ella me demostró que estaba equivocado.

"Dilo", gruño, mientras empujo una y otra vez su apretado coño, haciendo que la cabecera golpee la pared, el olor de nuestro sexo llenando la habitación. Tendré que arreglar esa mierda cuando tengamos hijos. Tal vez simplemente clave la cosa a la pared porque no hay manera de que deje de follarle el coño de esta manera. Me lo ruega, agarrando mi polla con cada embestida como si le preocupara que la dejara. A estas alturas ya debería saber que no lo dejaré hasta que se desborde de mí, mi semen goteando de ella y derramándose sobre la cama.

"Por favor, Paine, corre dentro de mí. Lo necesito." Mis dedos se aprietan en su cabello. Puedo sentirla intentar levantar su trasero para enfrentar mis embestidas, pero la tengo inmovilizada debajo de mí mientras la presiono más y más profundamente.

"Vas a tomar cada gota de mí". Es una orden, no una pregunta, y es suficiente para enojarla. Ella grita con un gemido salvaje mientras llega al clímax alrededor de mi polla, agarrándome como si fuera un vicio. Sigo empujando, balanceando su cuerpo contra el colchón mientras su coño me arranca mi propio orgasmo. Hace que mi polla se hinche aún más, y un fuerte gemido suena desde lo más profundo de mi pecho mientras eyaculo dentro de ella. Largos chorros de semen la llenan mientras continúa ordeñando mi polla.

Me dejo caer hacia un lado para no aplastarla y la atraigo hacia mis brazos para que ambos estemos de costado, con mi pecho contra su espalda. Envuelvo una pierna alrededor de la de ella y la abro, mi polla todavía dentro de ella. Me agaché, abrí los labios de su coño y rasgueé su clítoris, incapaz de dejar de tocarla.

"Necesito que te corras de nuevo, cariño. Quiero que este coño se apriete y saque todo mi semen profundamente dentro de ti. Quieres ese bebé, ¿no? Tu coño tiene que chupar todo mi semen profundamente para que pueda plantarse allí".

Como siempre, su cuerpo se sacude y se corre de nuevo, haciendo lo que le digo. Un poco más de semen se derrama de mi polla y su coño lo toma con avidez.

Ella se acuesta tranquilamente contra mí y le doy besos en el cuello. Saliendo de ella, me muevo y tomo su boca en un suave beso.

"Te amo."

"Yo también te amo."

Pasa su dedo por mi mejilla y por mi barba. Ella me da una sonrisa sexy y satisfecha que me calienta el pecho, sabiendo que le hice esa mierda a mi mujer. Me enorgullece saber que puse esa expresión en su cara.

"Nunca habíamos dicho eso antes de hoy". Ella susurra las palabras, como si hablar en voz alta las hiciera desaparecer.

"Sólo quería que supieras eso antes de ir al abogado hoy. Pero yo te amo. Lo he hecho desde el primer día que te vi. Sabía que eras diferente. Sabía que te haría mía.

Le lloran los ojos y parpadea un par de veces para evitar que las lágrimas se escapen. "No sé qué hubiera pasado si mi auto no hubiera necesitado arreglo. ¿Y si no te hubiera encontrado? No creo que hubiera podido lograrlo sin ti estas últimas semanas".

"Te habría encontrado". Digo las palabras con toda la confianza del mundo, no queriendo que ella piense de esa manera. Puede que no lo supiera, pero al estar solo todos esos años, pensé que era porque estaba ocupado y no tenía ningún interés en las mujeres. Ahora sé que solo la estaba esperando y que nadie más lo haría. Una parte de mí sabía que ella estaba ahí fuera, y sólo tenía que esperar y la encontraría. "De ninguna manera te habría extrañado caminando por esta ciudad. Demonios, si no hubieras entrado en la tienda, te habría encontrado en el bar esa noche.

"Lo sé. Eso es lo que estaba pensando. Me sorprende un poco que no me hayas encontrado al nacer con tu capacidad de rastrearme", se ríe y el sonido hace que mi polla se endurezca nuevamente. No es que alguna vez haya caído. Que ella esté desnuda contra mí lo hace imposible.

"Ni siquiera pienses en eso". Salta de la cama y corre hacia el baño. Oigo que se abre la ducha y también me levanto de la cama. Necesitamos seguir adelante. Tenemos una cita con los abogados en una hora, pero tal vez pueda sacarle un orgasmo más.

* * *

Parece que recibí dos de ella. Ella me dio uno en la boca y otro en mi polla antes de que la sacara de la ducha y ambos nos preparamos rápidamente.

Ahora estoy sentado en una habitación con tres abogados, Scott, Law y el alcalde, y mi cabeza casi me late con fuerza.

“No puedo creer que hayas falsificado mi nombre. Nunca firmé nada de esto”.

"Yo tampoco", dice Law, tomando la mano de Penélope entre las suyas. Nunca habían sido cercanos, pero durante las últimas dos semanas han estado trabajando para volver a ser una familia. “Pero tuve la sensación de que algo extraño estaba pasando, así que comencé a investigar. Parece que cuando algo no decía algo que te gustaba, simplemente lo cambiabas, ya sea legal o no”. La mirada de Law se clava directamente en su padre.

“No sé de qué estás hablando. ¿Cómo te atreves a hacer esas acusaciones? Soy tu padre."

Law simplemente se pasa una mano por el cabello, sin parecer importarle. Tanto Penélope como Law prácticamente se han limpiado las manos de él desde el funeral. Su padre intentó que los prohibieran a ambos y no les permitió asistir a la lectura del testamento, diciendo que sus nombres no figuraban en él. Todo una tontería y ellos lo saben.

Scott se pone de pie, como si estuviera consternado por las acusaciones. "Mi cliente no tiene por qué considerar esta línea de interrogatorio". Quizás debería haber sido actor en lugar de abogado.

“Me sentaría si fuera usted, Scott, porque las manos del alcalde no son las únicas que están sucias en esto. Parece que tú también has superado esto”.

“Nos vamos”. Ambos salen corriendo de la oficina y me muevo para agarrarlos, pero Law me detiene.

“No se van a salir con la suya. Firmaron el nombre de mi mujer en todo tipo de documentos. Dices que renunció a derechos sobre cosas que nunca hizo, y estás hablando como si también hubieran metido las manos en otra cosa”.

"Dos agentes del FBI los atraparán incluso antes de que salgan de la acera". Law se recuesta en su silla y entiendo su tono tranquilo. Aún así, me hubiera gustado tenerlos en mis manos antes de que lo hicieran los federales.

"No solo intentaron cambiar cosas en el testamento de la abuela y darnos uno falso, parece que el bueno de papá también ha incursionado en algún fraude de campaña. Lo he estado siguiendo durante algunos meses".

Escucho a Penélope olfatear a mi lado y la atraigo hacia mi regazo. Ella se corre fácilmente, inclinándose hacia mí.

Uno de los abogados se aclara la garganta y nos recuerda que todavía está aquí.

"Como decía, aquí está el verdadero testamento. En realidad, es bastante simple. Todo se divide en partes iguales entre hermano y hermana. Todo. Y ella dejó una nota. El resto es sólo trabajo legal del que me ocuparé y cambiaremos todo a sus nombres".

"¿Una nota?" Penélope dice, interrumpiendo al abogado. Cruza la habitación y le entrega la nota.

"Te dejo con eso. Estaré en contacto". Con eso, los dos nos dejan a los tres en paz.

Law se sienta a nuestro lado mientras Penélope abre la carta y todos la leemos.

Me quedé destrozada cuando perdí a tu abuelo y a tu madre tan juntos. Dejé que el dolor me invadiera y, antes de darme cuenta, había perdido a casi toda mi familia. Tu padre los envió a ambos a la escuela y parecían muy felices. Pensé que sería egoísta hacerte volver a casa, pero tal vez, sólo tal vez, con mi muerte finalmente podamos volver a unir a esta familia. Amor y estar juntos. Nada es más importante que eso.

Te amaré siempre, abuela.

"¿Te vas?" Penélope mira a su hermano y todos sabemos que se refiere a dejar la ciudad y regresar a Chicago. Si es así, creo que ella querrá seguirme y estoy más que dispuesto a hacerlo por ella. Sólo quiero estar donde ella esté.

"No, Penélope, no me iré nunca más. Ambos nos quedaremos". Me mira con una mirada de complicidad en su rostro. "Ella está en lo correcto. Necesitamos volver a unir a esta familia. Comienza contigo y yo, y creo que ambos estamos a punto de formar nuestras propias pequeñas familias".

Ella suspira y asiente. "Me gusta el sonido de eso."

# Capítulo 14

dolor

"Oh, joder, duquesa, eso es todo. Hasta el fondo de tu garganta, cariño. La siento chuparme la polla y entierro mi cara en su coño. Su pegajosa dulzura cubre mi boca y mi barba, aumentando mi necesidad cada vez más. De alguna manera terminamos en el piso de nuestra habitación. ¿Por qué? No tengo ni idea. Tenemos una cama tamaño king en perfecto estado justo a nuestro lado, pero a veces la necesidad se interpone en nuestro camino.

Le voy a tomar sesenta y nueve y me está matando. Ella está en la cima y me está costando controlar algo como esto. Estoy a merced de su boca y no sé cuánto tiempo más podré soportarlo. Normalmente, si puedo verla caer sobre mí, puedo agarrar su cabello y ayudar a controlarlo. En esta posición, estoy completamente desconcertado y completamente desequilibrado.

Intento concentrarme en comerle el coño y chupar su clítoris. Lamo hacia atrás, meto mi lengua profundamente dentro de ella y presiono un dedo contra su culo. Ella se corre tan fuerte cuando tengo un poco de presión allí, así que froto su apretado anillo, haciéndola gemir más fuerte alrededor de mi polla. Ella se tensa y muele mi lengua, tomando lo que quiere.

Sintiendo su boca salir de mi polla, lame mis pelotas, prestándoles atención. Ella los chupa en su boca uno a la vez, lamiéndolos y acariciando su cara. La siento frotar suavemente su nariz y mejilla contra mí, y la sensación íntima casi hace que me corra en su cara. Es demasiado intenso y demasiado perfecto al mismo tiempo.

Tener su coño en mi boca y su lengua en mi polla es celestial, pero no puedo irme así. Me encanta correrme dentro de ella demasiado como para desperdiciarlo.

Aparto mi boca de su coño y empujo sus caderas hacia mi pecho. Tienes que parar o voy a estallar demasiado pronto. Móntame, duquesa". Ella deja escapar un pequeño gemido, como si le hubiera quitado su juguete favorito, y en cierto modo, supongo que lo hice.

"Adelante, cariño. Te daré lo que quieras. Lo juro." Ella se sienta y yo la ayudo a agacharse sobre mi polla, poniéndose en posición de vaquera inversa. Estoy tan excitada que mi polla ya está erguida, por lo que es fácil mantenerla en su lugar mientras ella baja lentamente. Cuando mi gruesa polla está completamente dentro de ella, empujo hacia arriba y ella deja escapar un fuerte gemido.

"Te dije que te lo devolvería, duquesa". Agarrando sus caderas, la ayudo a rebotar arriba y abajo encima de mí. Su culo tiembla con cada embestida, y eso hace que mi polla se filtre dentro de su apretado coño con cada embestida.

"Inclínate un poco hacia adelante, cariño. Dejame ver." Ella hace lo que le pido, inclinándose hacia adelante y apoyando sus manos en mis rodillas.

Miro dónde estamos conectados, viendo mi gruesa polla entrar y salir de su estrecho canal. Su coño es tan fresco y apretado que puedo verlo aferrándose a mi polla cuando lo saco. Su coño me agarró y me rogó que me quedara.

Cada golpe dentro y fuera deja una capa de su crema en mi polla. Está tan jodidamente cachonda por eso que su coño gotea hasta la base de mi polla y forma un pequeño charco. Cada vez que cae sobre mi polla, un chasquido resuena por toda la habitación.

Después de algunos rebotes más, siento su mano frotar mis pelotas. Gimo ante la sensación, amando su suave toque allí. Se aprietan ante su contacto, tan listos para ser liberados.

"Voy a frotarlos hasta que explotes dentro de mí, Paine. Sólo quiero sentir tu pulso en mí mientras lo haces. Quiero que tu semen me caliente".

"Mierda." Cierro los ojos con fuerza, tratando de aguantar hasta que ella también se corra. "Frota tu coño, duquesa. Estoy cerca y te quiero conmigo".

Ella frota mis pelotas, tratando de ordeñarlas mientras su otra mano va a su coño. Puedo sentirlo allí porque puedo sentir sus dedos deslizarse alrededor de mi eje mojado. Frota la base de mi polla donde estamos conectados, recogiendo nuestra crema combinada. Lo frota y luego lo desliza hasta su clítoris, frotándolo allí para correrse. Se desliza arriba y abajo por mi polla mientras frota nuestra crema en su coño, y no puedo soportarlo más. Ver mi polla desaparecer y reaparecer mientras la follo y sentir sus pulsos apretados me tiene casi bizco.

"Dolor." Ella gime mi nombre mientras mi semen bombea dentro de ella. Su coño se aprieta cuando llega el orgasmo. Puedo sentir cada vez que mi polla se contrae, enviándole un chorro de semen.

Ella lo aguanta, moviéndose lentamente hacia arriba y hacia abajo, tomándome por completo mientras grita su orgasmo. Apretándome cada vez más fuerte, se tensa en su punto máximo.

Sostengo sus caderas e intento respirar, dejándola aguantar. Después de unos segundos, ella cae encima de mí, con un montón de sudor sobre mi cuerpo. La rodeo con mis brazos, la acerco a mí y beso su cuello mientras ambos intentamos recuperar el aliento. Fue intenso y caliente como la mierda, y no sé cuánto tiempo me quedé allí, abrazándola, tratando de recuperarme.

Después de unos momentos, la beso en el hombro y le digo que es hora. "Probablemente ya esté listo".

"Estoy nervioso."

"Estaré ahí contigo todo el tiempo". Sonrío contra su piel y la aprieto más fuerte, haciéndole saber que nunca iré a ninguna parte.

Ella respira profundamente y asiente, y nos levanto a ambos del suelo. La tomo de la mano y la llevo al baño principal.

Penélope está unos pasos detrás de mí mientras la llevo al fregadero conmigo. "Te das cuenta de que la prueba decía que sólo teníamos que esperar sesenta segundos, ¿no?"

Siento que la sonrisa arrogante aparece en mi rostro y me vuelvo para mirarla. "Sí, y te dije que sesenta y nueve parecía una mejor idea, y así es como terminamos en la cancha. Si mal no recuerdo, no protestaste mucho. Ella se sonroja un poco y me acerco para besarla.

Estas últimas semanas han sido un paraíso absoluto. No sabía que un amor como este podía ser real y cada día soy más y más feliz. Solo han pasado unas seis semanas en total desde que la vi por primera vez, pero sentí entonces lo que siento ahora. Me siento como en casa.

Cuando dejamos a los abogados ese día, fuimos directamente a la finca y recogimos sus cosas. Hubo mucho tiempo para recorrer la casa y descubrir qué quería hacer con ella, pero en ese momento, ambos queríamos una cosa, y era que ella viviera conmigo.

La quería en nuestra cama para siempre, y fuera lo que fuera necesario para lograrlo, eso es lo que hicimos. Le pregunté un par de veces qué tipo de boda quería y finalmente decidió que quería hacer algo pequeño en nuestra casa.

Nos casamos en el patio trasero, bajo el viejo roble. Llevaba el vestido de novia de su abuela, que era clásico y sencillo. Y le pidió a su hermano que la acompañara por nuestro pasillo improvisado. Butch fue mi padrino y, sorprendentemente, Penélope le pidió a Joey que fuera su dama de honor. En las últimas semanas, se han vuelto muy cercanos y creo que tiene algo que ver con que Joey sea importante para Law.

A ninguno de los dos nos importaba una gran boda ni nada lujoso. Así que lo mantuvimos simple. Sólo queríamos algo para nosotros y hacerlo legal. Y quería asegurarme de que se intercambiaran los anillos.

Ella usa el anillo que me regaló su abuela y yo uso una sencilla alianza de oro. La gente me dice que es peligroso usar uno mientras trabajo en autos, pero creo que sería más peligroso no usarlo. No quiero que nadie piense que no estoy enamorado de la mujer más bella del mundo. Lo uso con orgullo y si me preguntas por mi esposa, será mejor que te pongas cómodo. Tengo una larga lista de lo que amo de ella. No podría estar más feliz.

De pie en el baño, rompo nuestro beso para acercarme y tomar la prueba de embarazo. No lo miro, sólo se lo ofrezco para que lo tome. Sus dedos nerviosos me lo quitan y lo sostiene, vacilante.

Acerco su cuerpo desnudo al mío, la envuelvo y beso su frente. "Dale la vuelta, duquesa".

Le da la vuelta a la prueba de embarazo, miramos hacia abajo y vemos el signo más azul. Siento que mi corazón casi estalla de amor al saber que hicimos un bebé juntos. Sabía que en algún momento sucedería, pero ver la prueba lo hace mucho más real. Siento que sonrío de oreja a oreja y miro hacia abajo para ver a Penélope derramar algunas lágrimas. Los beso, la levanto y la llevo a nuestra cama.

La acuesto y me arrastro a su lado, apoyando mi mano en su vientre. Siento que una lágrima se escapa de mi ojo y ella se inclina para besarla, tal como lo hice yo con ella. Estoy rebosante de felicidad y me sale en forma de lágrimas.

"Gracias por hacerme tan feliz, Penélope". La abrazo hacia mí y pienso en lo perfecto que es todo. Lucharía hasta la muerte para conservar este amor y nunca dejaré que nada se interponga entre mi familia y yo. "Te amo mucho a ti y a nuestro bebé".

"Nosotros también te amamos, Paine".

Ella pone su mano sobre la mía y nos quedamos tumbados hablando sobre los nombres de los bebés y sobre el tipo de guardería que queremos. No me importa lo que ella elija, siempre y cuando sea feliz. Me alegro de ser el afortunado hijo de puta al que eligió llevar consigo.

# Epílogo

PENÉLOPE

5 años después

"Será mejor que dejes eso o llegaremos tarde".

"No sería la primera vez, y no será la última", murmura Paine contra mi cuello, provocando escalofríos por mi columna.

"Lo digo en serio. Pasé tres horas cocinando guarniciones para esta barbacoa, y si llegamos tarde y extrañamos a Law sacando la carne de cerdo del ahumador, tendrás una mujer embarazada enojada en tus manos".

Sintiendo a Paine arrodillarse detrás de mí, empiezo a moverme. Sé lo que está haciendo. Han pasado cinco años y tres (casi cuatro) hijos después. Conozco sus movimientos.

Levanta mi vestido de verano y mordisquea mi trasero. Me agarro a la encimera y parte de mi ira se desvanece. "Paine", le advierto, pero él me ignora.

Su lengua sale y se mueve desde mis nalgas hasta el área entre mis piernas, y toda mi resistencia desaparece. Inclinándome lo más que puedo con una barriga de embarazo de ocho meses, abro las piernas, entregándole todo de mí.

Dejé de usar ropa interior hace años, cansándome de tenerla en el camino. Él siempre me quiere, en cualquier momento del día, y simplemente dejé de intentar bloquearlo. En cambio, casi siempre voy vestida, sin bragas, y eso contribuye a un matrimonio muy feliz.

No siempre es fácil con tres niños corriendo, pero cuando el amor es importante, uno se toma el tiempo. Afortunadamente, los niños tuvieron una fiesta de pijamas en casa de su prima anoche, así que estamos solos. Law y Joey los llevaron a pasar la noche, sabiendo lo mucho que a sus hijos les encanta invitarlos.

Paine lame el interior de mi muslo, provocándome antes de volver a mi núcleo. Gimo fuerte y empujo hacia atrás, queriendo más. "Deja de jugar, Paine. No te burles de mí. Tengo demasiadas hormonas en este momento".

Lo siento reír contra mí, luego su boca va hacia mi clítoris. Me come por detrás y me entrego a él. Después de unas pocas caricias de su inteligente lengua, me corro contra su cara, la liberación es rápida y caliente. Él sabía lo que necesitaba, incluso si yo no sabía pedirlo. Eso es lo que nos han hecho años de estar juntos.

Apoyo mi frente contra mi brazo sobre el mostrador mientras siento que Paine besa mis piernas, amando cada centímetro de mí. Pasa sus manos por mis caderas, acariciándome mientras me baja el vestido.

"Maldita sea, necesitaba eso", digo mientras Paine se levanta y me frota la espalda. Él siempre sabe exactamente cómo tratarme de la manera más dulce. Me quedo en esa posición, inclinándome mientras él me frota, y siento que toda la ansiedad de hoy se desvanece.

Tengo suerte de haber encontrado un hombre tan maravilloso que me ama incondicionalmente. Él me ama cuando estoy de mal humor y cuando soy un mocoso. Y lo mejor de todo es que sabe exactamente qué decir para sacarme de esto. Sonrío, pensando que él tiene mucha suerte de tenerme a mí también.

"Ya tengo todo cuidado, duquesa. Ve a sentar tu bonito trasero en la camioneta y espérame.

Miro por encima del hombro y le sonrío. Me levanto y me doy la vuelta para darle un beso. Lo pruebo y me excita, con ganas de más. Me agacho y froto su dura polla, pero él toma mi mano y entrelaza nuestros dedos.

"Eso fue solo para ti. Nos divertiremos esta noche después de que los niños se hayan acostado".

"Trato hecho", digo, y me giro para salir de la cocina. Me golpea el trasero al salir y me doy la vuelta, riendo y frotando el lugar que me golpeó. Agarro mi bolso, salgo a la camioneta y hago lo que me dice.

Nuestras vidas son ruidosas, desordenadas y un poco locas a veces. Pero rebosan amor y eso es lo único que importa. Cuando se sube a la camioneta y me sonríe, sé que gané la lotería del marido.

¡HISTORIA ADICIONAL!

joey y ley

Joey

Haga clic, haga clic, haga clic, haga clic.

"Detén eso o vas a ahogar el motor". Miro al Sheriff a través del parabrisas mientras intenta arrancar su patrulla. Lo juro, dondequiera que vaya en esta ciudad, allí está él. Hoy fue la cena. Almorcé allí antes de tener que volver a la tienda, y allí apareció. Como siempre, él simplemente me miró fijamente, y eso me confundió muchísimo. Nunca me había hablado antes, a pesar de todas las miradas, pero claro, le doy un amplio margen cuando lo veo. Él me hace sentir cosas, cosas que nunca antes había sentido, y sería mejor para todos si esos sentimientos permanecieran enterrados.

"Parece que no puedo hacer que la maldita cosa empiece". Su voz profunda rueda sobre mi piel, haciendo que se me ponga la piel de gallina, a pesar de que en este momento hace unos buenos noventa grados.

"Mmm. Pop el capó." Tropiezo con mis palabras y él me lanza una sonrisa. Pinchazo. Probablemente estaba acostumbrado a que las mujeres cayesen sobre él. No es que pueda culparlos. Probablemente yo también me enamoraría de él si pensara que soy su tipo. Lo cual definitivamente no soy.

Es limpio, al estilo de un chico bonito y duro. Cabello rubio, ojos azules y una sonrisa de mil vatios que sale con facilidad. No podría ser más buen chico aunque lo intentara. Se desdobla de su patrulla, se agacha y abre el capó. No espero una invitación cuando salgo de la acera y levanto el capó.

Es una solución fácil si es lo que creo que es. Saco la llave inglesa de mi bolsillo trasero, agarro el cable de la batería y lo muevo. Está flojo, tal como pensaba, así que lo vuelvo a atornillar firmemente al terminal de la batería.

"Pruébalo". Me enderezo y me doy la vuelta, golpeándome directamente contra la pared del pecho. La insignia sujeta a su pecho brilla en mi cara. "Vaya, sheriff. No te necesito en mi trasero.

Chasqueo las palabras, tratando de dar un paso atrás mientras su olor masculino invade mis sentidos. Dios, huele bien. No sabía que un hombre pudiera oler tan bien. Probablemente porque no trabaja todo el día en un taller mecánico lleno de hombres sudorosos. Jesús, su olor me hace sentir la piel de gallina otra vez.

"No muerdo, Josephine".

El uso de mi nombre me hace mirarlo fijamente. Nadie me llama "Josephine". Sólo mi madre lo hizo, y ese nombre murió cuando ella lo hizo. Es demasiado íntimo para él usar ese nombre, y odio cómo me sentí cuando lo dijo. Me hizo sentir toda femenina y mierda. No. Sin tocar eso.

"Mi nombre es Joey", lo corrijo, tratando de poner firmeza detrás de mi tono. Quiero que sepa que no estoy bromeando. Pero él simplemente me lanza esa estúpida sonrisa perfecta, haciendo que mi corazón se acelere. Debería dar un paso atrás, pero no quiero parecer intimidado por él. Eso, y todavía disfruto bastante de su olor. Crecí con tres hermanos mayores que ahora están en la Fuerza Aérea. Seguramente puedo manejar a un sheriff sexy y musculoso. Creo.

"Me gusta más 'Josephine'. Le queda." Su mano va a mi hombro, recogiendo el extremo de mi cola de caballo mientras gira los mechones negros alrededor de su dedo.

Qué.

El.

Mierda.

Creo que nunca me he retorcido el pelo y el hecho de que me guste que me toque me molesta. Aparto su mano, fingiendo estar molesta. "¿Cómo sabes ese nombre? Todo el mundo me llama 'Joey'". Le lanzo mi mejor mirada, que parece no tener ningún efecto en él tampoco. Normalmente, los hombres se escabullen cuando lo doy, pero no creo que el Sheriff Law se haya escabullido de nada en toda su vida.

"Sé muchas cosas sobre ti". Su tono hace que parezca que hemos tenido intimidad, como si conociera cada parte de mi cuerpo. Es completamente falso, a menos que pueda ver a través de mi ropa con todas esas miradas que ha estado haciendo.

"¿Me estás acosando?" Empujo mis hombros hacia atrás, tratando de hacerme más grande, pero mi estatura queda eclipsada por su amplio cuerpo. Doy un paso hacia él, pensando que retrocederá ante mi agresión, pero no lo hace. De hecho, se inclina un poco más, haciéndome sentir el calor de su cuerpo.

"Si acecharte es pensar en ti todas las noches mientras acaricio mi polla y me corro con el dulce nombre 'Josephine' en mis labios, entonces sí, he estado acechando. Te he estado acechando desde que regresé aquí.

Toda la sangre corre a mi cara y puedo sentir cómo se pone roja brillante. He estado rodeada de hombres toda mi vida que dicen las cosas más desagradables y nunca me he sonrojado. Estoy acostumbrado y, a veces, incluso agrego algunos chistes propios. Al estar con mis hermanos mayores y trabajar en un taller de automóviles, probablemente no haya nada que no haya escuchado. Lo que nunca escuché es esa charla obscena dirigida a mí.

No, yo no. Joey, el marimacho que encaja mejor con los chicos. Joey, la chica que no sabe una mierda sobre ser chica.

"No puedo creer que hayas dicho eso". Las palabras salen de mi boca sin aliento. Debería meter mi rodilla justo en sus pelotas, pero me encuentro con ganas de tocarlo allí, pero no con mi rodilla.

"Eso no es nada comparado con las cosas que he pensado en hacerte, mi dulce Josephine".

"No soy dulce", muerdo. "O el tuyo, por cierto."

Se inclina, como si estuviera inhalando mi aroma. "Oh, sí, eres dulce, ¿verdad? Hueles a algodón de azúcar pegajoso en un cálido día de verano. Probablemente también sepa a eso".

"Eso es grasa lo que hueles, imbécil." Quiero que las palabras suenen crueles, pero suenan más como una burla. ¿Qué me está haciendo?

"Sal conmigo", dice, ignorando mi declaración. Simplemente no lo creo. ¿Porqué ahora? Ambos hemos estado juntos en esta ciudad durante más de un año y esta es la primera vez que hablamos. "¿Por qué me invitas a salir ahora? ¿Te quedaste sin coño local y ahora estás cavando el fondo del barril? Gracias pero no gracias."

Me giro para irme, haciendo la retirada que no quería hacer. Quería que retrocediera, que saliera de mi espacio, pero claramente eso no estaba sucediendo. Estoy muy perdido y también un poco enojado. Arde que lo he deseado desde que apareció en esta ciudad, pero nunca ha hecho ningún movimiento. Ahora, de la nada, está metido en mi trasero con ganas de salir. Algo apesta y no quiero tener nada que ver con ello, sin importar lo que mi cuerpo me pida hacer. No es que quiera que él realmente haga todas esas cosas que dijo que quería hacerme. No, me miento a mí mismo.

Me agarra por la cintura, atrayéndome hacia él, y mi cuerpo vergonzosamente se funde con el suyo. No puedo evitar amar la sensación de tenerlo presionado contra mí. Mi cuerpo disfruta tanto del contacto físico que casi me dan ganas de llorar. La soledad que he sentido llega corriendo, chocando contra mi pecho y recordándome cuánto tiempo ha pasado desde que alguien me abrazó.

"El único coño en el que he pensado es el tuyo". Se quita la palabra "coño" de la lengua como si estuviera enojado porque tiene que usar la palabra. Lo cual es una locura porque no hace unos minutos me dijo cosas más groseras. "De hecho, pensé tanto en ello que parece que no puedo hacer mi maldito trabajo. Ya terminé de esperar, así que mejor lo tomo ahora. Tal vez después de tenerte debajo de mí, pueda tener algo de cordura y terminar de hacer lo que vine a hacer aquí".

"No." La palabra no tiene absolutamente ningún poder detrás. Algo anda mal conmigo. Estoy roto. Le dejo que me maltrate y ni siquiera me opongo a ello. Mierda. No quiero luchar contra eso. ¿Por qué debería? Soy una virgen de veintidós años cuyo cuerpo pide a gritos atención física. Tal vez sea hora de quitarse la curita virgen. Tal vez esté buscando pasar un buen rato, revolcarse en la cama y necesita sacarme de su sistema. Para empezar, no tengo idea de por qué estoy en su sistema, pero tal vez esto podría funcionar. Veo cómo lo miran otras mujeres del pueblo. Coquetean con él todo el tiempo, pero siempre lo he visto ser profesional. Hasta ahora. Me gusta la idea de que tal vez lo haya hecho quebrar, incluso si no es cierto.

"Te esposaré y te llevaré a la estación hasta que aceptes". Se inclina para susurrarme al oído. "O simplemente espera a que todos salgan de la estación y te coman el coño hasta que estés de acuerdo". Se lleva el lóbulo de mi oreja a la boca, lo chupa y luego le da un pequeño mordisco. Un gemido escapa de mis labios, amando la sensación.

"Mierda. No hagas ese sonido cuando estemos en público". Me suelta y luego recuerdo que estamos parados en el medio de la ciudad, al lado del restaurante. Miro a mi alrededor, pero nadie parece mirar en nuestra dirección ni prestar atención. No está pasando mucho.

"Bueno."

"¿Bueno?" Él repite la palabra, levantando las cejas como si no me creyera.

"Si, vale. Saldré contigo". Su cuerpo pierde parte de la tensión que no noté antes.

"Dame tu número." Saca su teléfono y en la pantalla veo una foto mía parado en el taller de automóviles. Parece que me estoy riendo. Agarro el teléfono de su mano y me pregunto cómo consiguió la foto.

"¿Qué carajo es esto?" Miro la foto, pero él me arrebata el teléfono.

"Conseguiré uno mejor esta noche". Me ignora, como si no fuera extraño que yo sea su salvapantallas. Finjo que estoy consternado, pero en realidad quiero saltar como un idiota en la escuela secundaria que acaba de descubrir que el mariscal de campo está enamorado de mí.

"¿Número?"

Solo lo miro fijamente. "¿Crees que realmente creo que aún no tienes mi número?" De ninguna manera no lo hace. No después de lo de la foto y de que él supiera mi nombre real.

Él sonríe y guarda su teléfono en su bolsillo. "Te recogeré a las siete". Da un paso hacia mí, coloca su dedo debajo de mi barbilla y me hace mirarlo a los ojos. "Y Josephine", dice, mirándome a los ojos. "No más coqueteos con Butch. No quiero tener que matarlo".

Con eso, se da vuelta, empuja el capó de su auto hacia abajo antes de entrar. Arranca de inmediato, el motor gira mientras sale y me deja boquiabierto. No coqueteo con Butch.

Butch es uno de los mejores amigos de mi hermano. Él es la razón por la que vine a esta ciudad. Me consiguió mi trabajo en el taller de automóviles. De lo contrario no estaría aquí. Al crecer con todos los niños, podía hacer prácticamente cualquier cosa que ellos pudieran, excepto orinar de pie.

Joder, me encanta la idea de que se ponga celoso por Butch. Es como un hermano más para mí y, además, ni siquiera soy el tipo de Butch. Le gustan rubias, altas, con pechos gigantes y tan fáciles como parecen.

Mi teléfono suena y veo que tengo un mensaje de texto de un número desconocido. Deslizando mi dedo por la pantalla, leí el mensaje.

Deja de extrañarme. Te veré en un par de horas.

Pongo los ojos en blanco, pero luego me encuentro sonriendo mientras camino de regreso al garaje. "Estúpido."

Ley

Bombeo más rápido, acelerando mi ritmo. Me duele la polla por liberarse, así que esto no tomará mucho tiempo.

Al imaginarme a Josephine parada frente a mí, inclinada, separando sus nalgas, me masturbo más rápido. La imagino mirando por encima del hombro, dándome esa sonrisa atrevida, rogándome que la llene. Pienso en su boca inteligente diciéndome lo mucho que me desea y empiezo a correrme.

De pie junto al inodoro, observo cómo mi semen gotea en el agua. Odio desperdiciarlo, pero de ninguna manera puedo sentarme durante la cena y estar tan cerca de ella sin algún tipo de liberación. No podré controlarme, así que espero que esto me calme.

Jesús, es como si tuviera quince años. No puedo aguantar más de sesenta segundos cuando pienso en mi Josephine. No puedo esperar hasta que ella esté debajo de mí y pueda sentir un alivio real. Cada vez que me pongo duro, puedo deslizarlo dentro de su cuerpo y vaciar mi semilla. Después del obstáculo de esta noche, la haré criar antes del fin de semana.

Sonrío para mis adentros mientras limpio y salgo, sin querer llegar tarde. He conducido hasta su casa miles de veces. Sé que vive con Butch, pero por lo que puedo decir, solo son amigos. Todavía no me gusta, pero por el momento no hay mucho que pueda hacer. Me ocuparé de eso pronto, pero primero tengo que llevarla a mi cama. Entonces arreglaré todo.

Me detengo y respiro, pensando que probablemente este no sea el mejor momento con el caso aún en marcha. Pero he esperado casi un año para reclamar a Josephine y no puedo esperar más. La he observado como un halcón desde el momento en que la vi por primera vez, incapaz de dejar que se alejara demasiado de mí. No estoy orgulloso de algunas de las cosas que he hecho, pero cuando se trata de "el indicado", las reglas no se aplican. Al menos eso es lo que me sigo diciendo a mí mismo.

Al bajar de mi patrulla, paso junto a su auto y pienso en la noche que le puse el rastreador. Está escondido debajo de la llanta de la rueda y es completamente indetectable. Incluso si desarmara su auto, no lo encontraría a menos que lo buscara. Caminando hacia el porche, toco el timbre y miro hacia arriba para ver la cámara tipo cabeza de alfiler que instalé casi al mismo tiempo. Nadie sabría que estaba allí a menos que lo señalaras. Y aun así es difícil saberlo. Quería saber quién entraba y salía de su casa en todo momento. Asegurándose de que ella también llegara sana y salva a casa todas las noches.

Oh, sí, he hecho muchas cosas para mantener los ojos en mi Josephine. Casi un año después y ya he tenido suficiente juego. No me importa si esto arruina mi caso, soy un hombre y soy muy fuerte.

La puerta se abre y Butch está parado allí sin camisa. Aprieto mis manos en puños, lista para arrancarle la cabeza.

"Buenas noches, sheriff. ¿Qué podemos hacer por ti?" Parece realmente sorprendido de verme, y no debería sorprenderme que Josephine no le dijera que iba a ir.

Butch se queda allí esperando una respuesta, pero mi mandíbula está demasiado apretada para hablar. Estoy a unos segundos de derribarlo al suelo cuando Josephine dobla la esquina.

Casi dejo de respirar mientras ella camina hacia nosotros, mi corazón late fuera de mi pecho.

"Maldita sea, Joey. ¿Quien murió?"

"Cómete una bolsa de pollas, Butch". Ella pasa junto a él, cierra la puerta detrás de ella y se para en el porche. Ella me mira expectante, pero todavía no puedo hablar. Parpadeo un par de veces y trato de concentrarme.

"Bueno, mi plan anterior fue un desperdicio", murmuro, pensando que masturbarme hace veinte minutos fue completamente inútil. Mi polla está en plena atención y tratando de salir de mis pantalones.

"¿Qué fue eso?"

"Dije, te ves absolutamente hermosa, Josephine". Sus mejillas se sonrojan ante mi cumplido mientras mis ojos recorren su cuerpo. Lleva un traje pinup estilo años cincuenta con una falda lápiz de cintura alta que se ajusta a su cuerpo. Una blusa blanca de manga corta con botones y tacones rojos brillantes rematan su look. Su cabello negro como la tinta está recogido hacia un lado y sus labios están lacados en el mismo tono que sus zapatos. Parece que debería estar colocada en la parte delantera de un avión, motivando a los soldados en la Segunda Guerra Mundial. Sus ojos oscuros me miran a través de sus espesas pestañas y me quedo literalmente sin aliento por lo hermosa que es.

"¿Estás listo?" —susurra y no tengo idea de qué está hablando.

Inclinándome, encuentro mis palabras, acercándola a mi duro cuerpo: "Creo que debería hacerte esa pregunta, amor. Porque con la forma en que estás vestida y la forma en que me miras, tendrás que intentar alejarme de ti.

Espero que se aleje, molesta por mis crudas palabras, pero en lugar de eso, se inclina más cerca. "¿Qué pasa si no quiero alejarte de mí?"

Ella lame esos brillantes labios rojos y ya he tenido todo lo que puedo soportar. Me agacho, le agarro la muñeca y la llevo detrás de mí hacia mi coche patrulla. Casi la estoy arrastrando, pero mi necesidad es demasiado fuerte y no puedo esperar.

Llevándola al lado del pasajero, abro la puerta y silenciosamente la ayudo a subir al auto. Cuando doy la vuelta al lado del conductor, me subo y arranco el auto, alejándome de su casa.

"¿A dónde vamos?" —susurra y puedo escuchar la ligera necesidad en su voz.

"Mi lugar. He esperado bastante".

La escucho reír y miro para verla reclinarse en el asiento del pasajero. Tiene las piernas juntas, pero la abertura de la falda llega hasta su muslo, lo que me hace agarrar el volante con más fuerza.

"Esta es nuestra primera cita, ¿y estás diciendo que has esperado lo suficiente?"

Miro hacia la carretera y aprieto el acelerador. No puedo llegar a casa lo suficientemente pronto. "Sabes muy bien que esto estaba por llegar".

De repente, siento su cálida mano en mi muslo, me agacho y pongo mi mano encima de la de ella. Miro y la veo lamer sus carnosos labios rojos. Tiene la boca más bonita que he visto en mi vida, con labios que parecen sacados de una revista. No puedo esperar para arruinarle el lápiz labial. Puedo ver la timidez en sus ojos y sé que acercarse a mí fue un movimiento audaz por su parte. Normalmente es muy dura, pero esta noche se rendirá y bajará la guardia. Quiero mostrarle lo bueno que puede ser entre nosotros, así que la presiono un poco más.

Agarrando ligeramente su mano, la jalo para que su palma descanse sobre mi dura polla. El calor de su palma casi me quema a través de mis pantalones mientras frota sus dedos a lo largo de la cresta de mi polla. Presiono su mano con más fuerza contra mí y ella me agarra con firmeza. Es todo lo que puedo hacer para mantener el auto en la carretera mientras doblo por el largo camino de entrada a mi casa.

Compré esta cabaña cuando regresé y opté por no quedarme en la finca familiar. Mi papá tuvo algunas palabras selectas al respecto, pero que se joda. Este lugar es hermoso. Es una cabaña grande que se encuentra en las afueras de la ciudad, en un pequeño lago. Compré esta casa la semana después de ver a Josephine por primera vez.

"Mierda, ¿este es tu lugar?" Ella afloja su agarre sobre mi polla pero no retira su mano. "Ese garaje está enfermo". Hay un poco de asombro en su voz cuando ve el garaje de cuatro compartimentos a la derecha de la cabaña.

"Sí, aparentemente esto solía ser un pabellón de caza y tenían un garaje para invitados. Hice renovar el interior del lugar, pero mantuve el garaje como está".

Ella me mira y levanta una ceja. "Pensé que no sabías nada sobre coches".

"No. Pero por suerte para mí, mi mujer sí. Hice rehacer el garaje para ella. Una vez que la traje aquí, no quería que ella tuviera ningún motivo para irse. Muéstrale desde el principio que no estaba jodiendo. Ella estaba destinada a ser mía desde el momento en que la vi. Lo sabía hasta el fondo de mi alma. Solo tenía que preparar las cosas para poder tenerla, pero las cosas no avanzaban tan rápido como me hubiera gustado, así que me lancé para acelerar el proceso.

Su boca se abre un poco cuando, de mala gana, quito su mano de mi polla y salgo del auto, yendo hacia su lado. Abro la puerta y extiendo mi mano, ayudándola a salir del auto.

Me agacho, la levanto y la llevo como una novia al frente de la casa.

"Law, ¿qué carajo estás haciendo? Bájame." Ella intenta moverse un poco, pero la agarro con más fuerza.

"De ninguna manera, amor. Es una tradición".

"Estás bromeando, ¿verdad?" Hay un ligero chillido en su voz que sólo puedo asumir que es miedo. Está bien. Eso pasará cuanto más estemos juntos.

"Josephine, tengo casi treinta años. Nunca me he enamorado ni nada parecido. Ha pasado más de una década desde que estreché la mano de una mujer. Así que no, no estoy bromeando".

La miro a los ojos mientras abro la puerta principal y la llevo hasta el umbral. Puedo ver asombro allí y también puedo ver esperanza. No sé de qué tipo de vida viene, pero por lo que he visto durante el último año observándola, ha construido una fortaleza para mantener alejada a la gente.

Cierro la puerta de una patada detrás de nosotros, la llevo a través de la gran sala y camino por el pasillo. La llevo directamente al dormitorio principal y la levanto al final, sosteniendo sus caderas para estabilizarla.

"Ley, esto es una locura. Esta noche es simplemente... es una locura". Sus ojos oscuros buscan en los míos orientación. Está desesperada por que alguien tome las riendas y, por suerte para nosotros, estoy de acuerdo con eso.

Tomando su cuello con ambas manos, froto mi pulgar por la parte inferior de su mandíbula. "¿No estás cansada, Josephine?" Ella me mira interrogativamente. Me inclino, a sólo un pelo de sus labios. "¿No estás cansado de sostener todos esos muros? Déjate llevar, amor. Estaré aquí cuando caigan".

Presiono mis labios contra los de ella y ella se abre para mí, dejándome entrar. Sus brazos rodean mi cintura, atrayéndome hacia ella mientras mi lengua entra.

Su sabor es tan dulce que le mordí el labio inferior. Quiero devorar su cuerpo, empezando por sus labios.

"Ley", susurra, sus palabras son como un bálsamo para mi cuerpo dolorido. La siento dejar escapar un suspiro y me aparto para mirarla a los ojos. "No tengo... experiencia." Ella aparta la mirada y luego vuelve a mirarme, apretando la mandíbula. "Nunca he hecho esto antes. No sé si eso te importa o no".

La atraigo hacia mí con un brazo, dejando que cada curva de su cuerpo se derrita contra la mía. Con la otra mano, levanto la mano y empiezo a desabrocharle los botones de la blusa.

"No me importa con quién hayas estado y qué hayas hecho o no antes que yo. Lo único que me importa es que soy el último". Una vez que su blusa está abierta, paso mis dedos a lo largo del borde de su sujetador de encaje negro y hasta la mitad de su escote. "Lo único que me importa es que nada se interponga entre nosotros esta noche. Solo tu y yo. Piel... Me inclino y beso entre sus pechos. "...En la piel". Digo las palabras contra sus exuberantes tetas, necesitando chuparla más.

Solté su cintura, le bajé la falda y le quité la ropa. Ella está parada frente a mí con su sujetador de encaje negro, sus bragas y sus tacones altos de color rojo sangre. Está cubierta de tinta y parece una jodida diosa estrella de rock. Grabo la imagen en mi cerebro, queriendo recordar esto cuando tengamos cien años, y le recuerdo la primera vez que me dio su cuerpo.

Extendiendo la mano alrededor de su espalda, le desabrocho el sujetador y lo dejo caer al suelo. Sus tetas rebotan libremente, haciéndome lamerme los labios. Sumerjo mis dedos en la cintura de sus bragas y las bajo por sus muslos hasta sus tobillos. Ella va a quitarse los zapatos, pero le toco la pierna, deteniendo sus movimientos.

"Déjalos puestos, amor. Son hermosos y delicados, como tú".

Arrodillándome frente a ella, miro hacia arriba y veo un profundo sonrojo extendido por sus mejillas. La ayudo a quitarse las bragas y luego me levanto para disfrutar de verla completamente desnuda. Agarro mi pecho e intento respirar.

"Jesucristo. Mi testamento está en mi escritorio en mi oficina si no logro pasar esta noche".

Josephine se ríe y salgo de mi aturdimiento, quitándome también la camisa de vestir y los pantalones. Cuando estoy frente a ella en calzoncillos, ella camina hacia mí, mete los dedos en la cintura y los baja por mis caderas. Ella se arrodilla frente a mí como yo lo hice con ella y salgo de ellos. Ella permanece de rodillas frente a mí, mirando mi polla. Una gota de gotas de semen al final de mi polla y ella lame sus deliciosos labios rojos.

Me agacho y agarro sus brazos, la levanto del suelo y la llevo a la cama. "Todavía no, amor. Esta noche se trata de ti".

La acuesto en medio de la cama y me arrastro entre sus piernas, abriéndolas ampliamente. Está un poco tensa y estoy seguro de que es porque es tímida. "Relájate, Josefina. Voy a hacerme amiga de tu coño por un rato. Después de eso, todos deberíamos conocernos mejor".

Veo la sonrisa extenderse por sus labios mientras beso el interior de su rodilla y subo por su muslo. Lamo y mordisqueo entre sus piernas, sintiendo su suave carne contra mi lengua. Cuando llego a su coño, acaricio los rizos cortos y suaves y huelo su dulzura. Maldita sea, huele tan dulce. Chupando sus gruesos labios en mi boca uno a la vez, cierro los ojos y gimo por su sabor.

No puedo decidir si su coño sabe mejor que sus besos, así que lamo su clítoris para verlo. Siento que sus piernas se abren más y sus manos agarran mi cabello mientras como su dulce coño azucarado.

Sus jugos cálidos corren por mi barbilla mientras me instalo entre sus piernas. Empiezo a follar en la cama con cada lamida, imaginando mi polla en lugar de mi lengua en su coño.

"Ley, más. Por favor, estoy muy cerca".

Escuchar su voz mientras agarra mi cabello con más fuerza es suficiente para llevarme al límite. Gruño contra su coño mientras me corro sobre mí y las sábanas, haciendo un desastre. No puedo controlarme cuando se trata de ella y quiero asegurarme de que esta primera vez sea buena para ella.

Agarrando sus muslos con más fuerza, chupo su clítoris, haciendo que mi trabajo sea complacerla. Golpeo el duro cogollo con mi lengua una y otra vez, sintiendo cómo se tensa. No me detengo. Mantengo el mismo ritmo mientras ella arquea la espalda fuera de la cama y grita mi nombre.

Siento un chapoteo en mi barbilla y me doy cuenta de que ella se corrió con tanta fuerza que me arrojó un chorro. Gimo contra su coño, queriendo bañarme en su orgasmo. Me siento como un maldito superhéroe. Siento que su semen en mi cara es mi trofeo y quiero gritarle al mundo lo que ella me dio.

Besando su cuerpo, limpio el semen de mi estómago y lo llevo a su coño, frotándolo contra él. Quiero todo de mí sobre ella. Después de que todo está manchado sobre su clítoris, me muevo entre sus piernas, con mi polla en su abertura. Mi polla tiene un color púrpura enojado, como si no me hubiera corrido hace dos minutos.

Inclinándome sobre su cuerpo, sostengo su rostro y beso sus labios. Tiene una sonrisa somnolienta en su rostro y parece una mujer que acaba de tener un orgasmo increíble.

"¿Eso se siente bien, amor?" Ella murmura un sí contra mis labios, atrayéndome hacia ella. "Esta parte puede doler un poco, pero te cuidaré".

Josephine asiente contra mí, beso su mandíbula y bajo por su cuello. Le pellizco el pezón duro con mis dos dedos mientras me muevo hacia el otro, chupándolo y dándole pequeños mordiscos.

Cuando ella levanta las caderas para que la entre, la empujo con una larga zambullida. Ella se tensa debajo de mí y deja escapar un pequeño gruñido mientras desgarro su virginidad. Su funda está apretada y me agarra con tanta fuerza que lo único que puedo hacer es seguir lamiendo sus tetas y no correrme.

Concentro toda mi atención en sus pechos, tratando de alejarla del borde del dolor y llevarla plenamente al placer. Lamo y pellizco, mordisqueo y chupo, hasta que ella me agarra el pelo y gime.

Continúo un poco más hasta que ella mueve las caderas y me ruega por más. "Por favor, Ley. Estoy bien. No pares". Está sin aliento por la necesidad y no puedo negarlo.

Moviendo mis labios por su garganta, empujé con fuerza su coño dispuesto. "Nada entre nosotros, amor. Piel con piel sin barreras". Ella gime ante mis palabras, cada vez más húmeda mientras follo profundamente, su coño me aprieta tan dulcemente cuando le muerdo el cuello.

"Law, no estoy tomando la píldora".

"No pensé que lo fueras, amor".

Tiene la cabeza echada hacia atrás, los ojos cerrados y está perdida en el placer. "Oh Dios, estoy tan cerca. Quizás deberías retirarte".

Me río contra su garganta. "No, cariño, no salgo de ti. Alguna vez."

Ella aprieta mi polla con fuerza y siento sus jugos sobre mí. Inclino un poco mis caderas, golpeando su clítoris con cada golpe. La tiene rascándome la espalda y gimiendo mi nombre después de sólo unas pocas bombas.

"Eso es todo, Josefina. Cum por toda mi polla cruda. Abre ese suave coño para que pueda explotar dentro de ti. No me voy a retirar, así que si te corres sobre mí, me volveré loco contigo.

Mis palabras son suficientes para llevarla al límite y grita su orgasmo en la habitación. Nuestra habitación. Siento que su coño moja mi polla y es toda la invitación que necesito. Empujo contra ella por última vez y lo sostengo profundamente mientras me corro en su coño virgen.

Cuando siento la última gota de mi semen salpicar dentro de ella, me doy la vuelta, sin romper nuestra conexión. Ella se acuesta encima de mí, respira con dificultad y yo sonrío.

Ella es mía ahora.

Joey

"Jesucristo, Joey. Tienes esa estúpida sonrisa en tu cara otra vez".

Me muerdo el interior de la mejilla para intentar detener la sonrisa mientras miro por debajo del capó del viejo Lincoln en el que estoy trabajando. Me encuentro con los ojos de Butch y fracaso miserablemente, estallando en carcajadas ante la mirada que me está dando.

"No puedo creer que un maldito policía haya puesto esa expresión en tu cara". Se inclina debajo del capó, usando ambas manos para sostenerse como si estuviéramos a punto de tener una gran conversación sobre esto. Y no lo somos. Este es mi negocio y, por primera vez en mi vida, no tengo tres hermanos mayores gigantes.

"No te importa una mierda entre las piernas de quién estás, así que ¿por qué me importas una mierda sobre quién está entre las mías?" Saco el trapo de mi bolsillo trasero y me limpio la grasa de las manos. Mirando el reloj, veo que tengo tiempo suficiente para llegar a casa y ducharme antes de que Law llegue a mi puerta.

Como un reloj, todos los días durante las últimas dos semanas, él está en mi puerta y me recoge a las seis y media en punto. Cada vez me hace empacar una bolsa gigante y me pregunta por qué no voy directamente a su casa cuando salgo del trabajo. Poco a poco me doy cuenta de que cada día desaparecen más cosas de mi casa y aparecen en la de él.

Debería enojarme, pero no es así. De hecho, simplemente me devuelve la estúpida sonrisa a la cara.

“Solo asegurándome de que estás bien. No has dormido ni una sola vez en casa desde que te llevó el policía en esa fecha. No quiero que te metas demasiado en algo y te lastimes”.

“No todos los hombres son como tú, Butch. Algunos de ellos en realidad no se los follan y los dejan”.

"No estoy tratando de ser un idiota, sólo quiero que tengas cuidado, eso es todo". Se pasa la mano por su desgreñado cabello castaño como si estuviera reflexionando sobre algo. "Para ser honesto con ustedes, ustedes simplemente no parecen encajar".

"¿Qué carajo significa eso?" Tiro la toalla sobre el banco de trabajo, luego le hago un gesto para que se mueva para poder bajar el capó del Lincoln.

“Simplemente parece del tipo que está con una esposa trofeo engreída. Su padre es el alcalde, joder. ¿Ves a la esposa de ese tipo? Sus palabras arden como ácido en mi estómago. Que se joda esta mierda. Ni siquiera lo escucho. Sé lo que ha estado pasando entre Law y yo durante las últimas dos semanas y ha sido perfecto. La forma en que me toca y me trata es como si fuera la cosa más rara del mundo. Como si no pudiera vivir sin mí.

“Que te jodan, Butch. Sólo porque no sea una persona rica de la alta sociedad no significa que no pueda atraer a un hombre”.

"Sostener. Eso no es lo que quise decir en absoluto. Eso fue en ambos sentidos. Él tampoco parece tu tipo. Pensé que terminarías en la parte trasera de la bicicleta de alguien o algo así. No con el mariscal de campo del equipo de fútbol”.

Él me tiene allí. Puedo ver por qué pensaría eso, pero como la mayoría de las cosas en mi vida, no encajo en el molde de lo que piensa la gente. ¿Por qué sería diferente con quién terminaría?

"Gracias por su preocupación, pero no es necesario". Me desabrocho el mono y lo dejo caer al suelo mientras me lo quito. Las recojo y las tiro a la basura junto con toda la ropa sucia y cubierta de grasa.

"Solo ten cuidado, es todo lo que digo". Butch hace lo mismo, se quita el mono de trabajo antes de tirarlo a la basura. Siento mi teléfono vibrar contra mi trasero, calentando mi estómago porque sé quién es. Deslizando mi dedo sobre el teléfono, leí el mensaje.

Law: No puedo venir esta noche, cariño. Surgió el trabajo. Te llamo cuando pueda. xoxox

"¿Qué es esa cara?" Butch pregunta apartando mis ojos del texto. La decepción debe reflejarse en mi cara. Quizás una noche sola no sea tan mala. Podría ir a esa linda tienda de lencería de la ciudad y comprar algunas cosas. Tengo como dos lindos pares de ropa interior y ya los he usado dos veces. Quiero algo diferente y divertido.

“La ley acaba de anularme”. Intento hablar con voz plana, como si no fuera gran cosa, pero Butch me rodea con el brazo.

"Ven a tomar unas cervezas con Paine y conmigo".

Es mejor que quedarse en casa. "Seguro. Sólo necesito correr a casa y cambiarme antes de hacer una parada rápida. ¿Nos vemos allí?

"Suena bien. Puedes ayudarme a molestar al jefe sobre el culo rubio por el que estaba babeando hoy.

Resoplé, recordando cómo se veía Paine cuando la mujer entró a la tienda. Pensé que podría tropezar con sus propios pies para llegar hasta ella. Fue peor cuando ella pareció escaparse de él. Ahora ha estado de regreso en su oficina haciendo pucheros por eso durante los últimos veinte minutos. Ni siquiera sabía que Paine podía hacer pucheros.

"Nos vemos allí, chicos". Me dirijo a mi casillero, tomo mis cosas y me dirijo a casa. Me doy una ducha a toda prisa y sólo tardo treinta minutos en regresar a la ciudad. Me puse unos jeans y una sencilla camiseta negra con mis botas. No es que esté tratando de impresionar esta noche. Tengo un hombre. El simple pensamiento me hace sonrojar y marearme de emoción. Tengo un hombre. Lo digo una y otra vez en mi cabeza, amándolo cada vez más.

Decidiendo dejar mi auto en el estacionamiento del bar, camino hacia Main Street en dirección a la tienda de lencería. Es un pueblo pequeño, y si estacionas en cualquier lugar junto a la carretera principal, puedes caminar prácticamente a cualquier lugar. Caminando por las diferentes tiendas y establecimientos, me detengo de repente cuando un rostro familiar llama mi atención. La mirada repentina hace que se me revuelque el estómago.

Allí, en el pequeño restaurante italiano, veo al alcalde y su esposa, con Law y una rubia de piernas largas a la que nunca había visto antes. Están todos sentados juntos en una mesa y Law sostiene la mano de la rubia. Como si sintiera mis ojos puestos en él, se gira para mirarme, pero esquivo la ventana de vidrio y me apoyo contra el edificio de ladrillo, tratando de controlar los latidos de mi corazón.

Jodida mierda de trabajo, mi trasero. Jesús, ¿Butch podría haber tenido más razón? De repente, me siento como si fuera su pequeño y sucio secreto. Law nunca me invita a cenar, ni siquiera habla de su familia. Si no fuera por el hecho de que es de conocimiento general que es el hijo del alcalde, nunca lo habría sabido.

Quema. Mierda, ¿quema? Reprimo las lágrimas y me deshago del dolor, en lugar de eso, me dejo llevar por la ira. Estaba a punto de ir a buscar lencería para su trasero y prepararle algo sexy. Iba a criticarlo por sacar mierda de mi casa y ponerla en la suya. Dile que no tenía que jugar, que yo quería estar allí.

Estúpido. Estúpido. Estúpido.

Debería haberlo sabido mejor. Veo cómo mis hermanos queman a mujeres hermosas. Demonios, vivo con Butch y veo cómo los quema. Soy una marimacho y, en el mejor de los casos, una simple Jane. ¿Cómo esperaba conservar a alguien como Law?

Mi teléfono suena en mi bolsillo trasero y veo que tengo dos mensajes de texto. Uno de Butch y otro de Law. ¿Me está enviando mensajes de texto mientras tiene una cita? ¿Una cita que tomó para encontrarse con su padre? Aprieto los dientes y hago clic en el texto de Butch.

Butch: Mira tu auto en el estacionamiento del bar. ¿Dónde estás?

Yo: Estaré ahí en cinco.

Cruzo la calle porque no quiero volver a pasar justo enfrente del restaurante y luego me dirijo hacia el bar. No puedo evitar hacer clic para ver lo que dijo Law.

Law: Te extraño, dulces.

Agarro el teléfono para evitar tirarlo. Dulces. Me encantó ese nombre. Cómo siempre decía Huelo tan dulce, sé tan dulce, soy tan dulce. Nadie antes que él me había llamado dulce y yo me lo estaba comiendo. Fue como si viera mi verdadero yo. Sí, me gusta arreglar autos, ver fútbol y vestirme mucho, pero soy una mujer, y cuando me llamó dulce, me hizo sentir como tal. Estúpido, me digo bruscamente a mí mismo de nuevo. Él jugó contigo. Conseguimos lo que queríamos. Sexo. Un pedazo de culo a un lado para follar cuando quisiera, y nadie tenía por qué saberlo.

"Pareces apto para estar atado". Miro hacia arriba y veo a Butch y Paine esperándome afuera del bar.

"No quiero hablar de eso". Mi voz es firme pero contiene un poco más de emoción de la que me gustaría, pero ambos simplemente asienten, entendiéndolo. Eso es lo bueno de tener amigos varones. No te hacen hablar cosas hasta la muerte. Dices: "Se acabó la conversación" y termina bastante rápido.

Butch y yo seguimos a Paine y puedo decir que Paine está tan de mal humor como yo. El único que parece que alguien no ha pateado a su cachorro es Butch, pero siempre tiene una sonrisa estúpida y fácil en su rostro.

Sin preguntar, Jake, el barman, nos pasa nuestras bebidas y rápidamente tomo mi cerveza, pensando que voy a necesitar algo más fuerte esta noche.

"Hay una despedida de soltera aquí esta noche si están buscando algo de acción", dice Jake, haciéndome poner los ojos en blanco mientras me siento junto a Paine.

"Muéstrame la dirección correcta, Jake. Sabes que siempre estoy buscando algo nuevo en esta ciudad". Butch se endereza y echa un vistazo al público mientras Jake señala hacia la pista de baile.

Sin poder evitarlo, sigo el dedo de Jake para ver quién será la presa de Butch esa noche.

De repente, Butch se ríe y mira hacia atrás, y veo por qué cuando veo el cabello rubio de la mujer que salió corriendo de la tienda hoy con Paine caliente en su trasero.

"Parece que esa chica rica con el Porsche es la futura novia", dice Butch en tono burlón, y veo a Paine agarrar su botella de cerveza con tanta fuerza que me sorprende que no se rompa en su mano.

Extiendo la mano y agarro su botella mientras sus ojos se encuentran con los míos. "Se lo guardaré, jefe", le digo a Paine porque sé hacia dónde se dirige. Directo a la pista de baile para buscar a la chica que sigue Butch. Tomo mi cerveza y pido otra, disfrutando de sentarme sola en la barra. No tengo ganas de ser sociable.

Mi teléfono suena en la parte superior de la barra y reviso el mensaje. Debería apagarlo porque sé que sólo puede ser una persona, pero como masoquista, hago clic en el mensaje.

Law: Sweets, envíame un mensaje de texto. Me tienes preocupado.

¿Está jodidamente preocupado? ¿Está preocupado mientras tiene su polla en el coño de otra chica? El pensamiento me deja sin aire en los pulmones. Le hago un gesto para pedir otra bebida y Jake la deja caer frente a mí momentos después.

Paine se sienta a mi lado y no comento adónde fue la pequeña rubia. Demonios, incluso veo a Butch detrás de mí en el espejo sobre la barra, coqueteando con una chica. ¿Son todos los hombres iguales? No puedo creer que me permití pensar que encontré algo diferente.

Mi teléfono vuelve a vibrar.

Law: Maldita sea, Joey, respóndeme o te daré una palmada en el coño cuando te ponga las manos encima.

¿Cómo puede hablarme así cuando sale con otra mujer?

Yo: ¿Por qué no le das una palmada en el coño a la rubia con la que estabas cenando? Ya sabes, el que le presentaste a tu familia.

Con eso, apago mi teléfono. No quiero leer sus excusas, o peor aún, ver que no responde en absoluto. Probablemente sepa que lo arrestaron, así que estoy seguro de que ya terminó conmigo.

"Penélope", murmura Paine a mi lado por décima vez desde que se sentó, tomando otro trago de su cerveza.

"Si dices esa palabra una vez más, te derribaré de ese maldito taburete", le digo. ¿No podemos ambos regodearnos en nuestra miseria en silencio? Solo agradezco que el bar finalmente haya bajado el volumen de la música desde que se fue la despedida de soltera.

"La cagué", dice Paine, mirándome mientras jugueteo con el papel de mi botella de cerveza. Me lo quito y me lo vuelvo a poner, molesto por todo.

"Sí, lo hiciste. Fuiste tras algo que no puedes tener y no deberías querer", le digo mientras lo miro a los ojos. Ambos perseguimos a personas que estaban fuera de nuestra liga y en una clase que nunca entenderíamos. Puede que Law sea simplemente un sheriff, pero proviene de una familia adinerada. Demonios, su padre es el maldito alcalde.

"Buenas noches, sheriff. ¿Qué puedo hacer por ti esta noche? dice el camarero. Mis ojos se dirigen al espejo detrás de la barra y veo a Law parado a cinco pies de distancia de Paine y de mí. Todo mi cuerpo se bloquea y agarro mi cerveza, queriendo algo a lo que agarrarme. Tómalo con calma, repito una y otra vez en mi cabeza. Le he dado suficiente de mí. No le daré más. Él ya ha visto partes de mí que nadie más ha visto nunca. La chica que yace debajo de mis capas. Una que vuelve a esconderse para lamerse las heridas.

"Solo comprobando las cosas", responde Law, y puedo sentir sus ojos sobre mí. Intento fingir que no está ahí hasta que me habla directamente. "¿Cómo estás, Josephine?"

Mi corazón se aprieta ante el uso de mi nombre. Al principio me molestó que me llamara así, como si me conociera, pero en las últimas semanas me ha llegado a encantar. Anhelo que lo diga. Cuando hacíamos el amor y él lo gritaba, era como la cosa más dulce que jamás había conocido. Todavía me niego a mirarlo a los ojos en el espejo y sigo ignorándolo. No puedo creer que esté haciendo esto en medio de la barra para que todos lo vean. Antes de hoy no habría pensado que fuera gran cosa, pero después de verlo con la otra mujer, las piezas encajan en su lugar. No quería que la gente supiera que estábamos juntos. ¿Cómo no lo vi antes? Estaba demasiado contenta como para pasar nuestro tiempo juntos encerrados en su casa, en su cama.

En lugar de responderle, simplemente le hago un gesto con el dedo medio. Porque eso es lo que él puede hacer. Vete a la mierda

"Josephine, dulces, no..."

"Dulces..." Paine intenta decir intercalar, pero los interrumpo a ambos.

"¿Qué carajo estás haciendo aquí, Anderson? Estoy bastante seguro de que acechar es ilegal".

El bar se ha vuelto inquietantemente silencioso ahora y sé que todos están observando lo que está sucediendo.

"Jake, ¿mi hermana está por aquí? Pensé que habían venido aquí esta noche", dice Law, cabreándome aún más. ¿Tiene una maldita hermana? Law sabe todo sobre mí y yo ni siquiera sabía que tenía una maldita hermana. Oh, ya sé por qué, no tiene sentido presentar a Joey porque nunca la conocerás. Eres sólo el sucio secreto del Sheriff que desvela en su cabaña.

"¿Ella con esa despedida de soltera?"

"Esos habrían sido ellos. Ella es la soltera".

Casi quiero reírme de la ironía de las palabras de Law. Paine y yo hemos estado sentados en la barra, lamentándonos por un hermano y una hermana que están fuera de nuestro alcance. Pero tengo la sensación de que eso no detendrá a Paine. En cuanto a mí, mi ego no puede soportar otra ronda. Podría destrozarme.

"Se fueron de aquí hace unas dos horas", dice Jake, sirviéndose un vaso de whisky barato.

"Está bien, estaba registrándome antes de regresar a casa para pasar la noche".

No puedo evitar resoplar ante sus palabras, sin creerle. "Probablemente me follaré a su cita esta noche ya que él no me follará a mí", murmuro para mis adentros.

"Josephine, ¿puedo hablar contigo afuera?" Quiero gritarle. Por supuesto, para que nadie vea que el sheriff está en los barrios bajos, pero no puedo ignorarlo. Sigue siendo el sheriff.

"¿Quién pregunta?" Le hago un gesto a Jake para que me sirva otro trago. "¿El Sheriff o la Ley?"

"Te lo pregunto, dulces".

"Entonces la respuesta es no. Además, no te gusta que te vean conmigo en público". Me encojo de hombros, tratando de fingir que me importa una mierda y fallando. Puedo sentir la tensión en todo mi cuerpo; Estoy prácticamente vibrando.

"Eso no es jodidamente cierto y lo sabes", gruñe Law, y puedo sentirlo acercándose a mí, algo que no quiero. No puede tocarme. No podré contener las lágrimas si lo hace, y no le daré mis lágrimas. Rechazo mi tiro, saltando del taburete y me tambaleo un poco. Tanto Law como Paine saltan para estabilizarme.

"No la toques", le gruñe Law a Paine, atrayéndome hacia su cuerpo en un agarre posesivo. Siento que el dique dentro de mí comienza a temblar, y necesito todo lo que hay en mí para sacar mis palabras sin que se rompan.

"Tu hiciste tu decisión. Ahora vive con ello". Intento pasar a su lado, pero me agarra del brazo y me giro, disparándole toda mi ira. Tengo que aferrarme a esa ira hasta que salga de este bar.

"Estás demasiado borracho para conducir".

Ni siquiera respondo a sus palabras. Solo llamo el nombre de Butch. "Butch me tiene", digo, esperando que eso le clave en el estómago. Puede que Law no quiera que todos sepan que estamos juntos, pero sé que no quiere compartirme. ¿Doble rasero mucho?

Law vuelve a apretar la mandíbula, pero ¿qué puede decir realmente? Todos en el bar nos están mirando.

"Levanta tu teléfono", me grita, pero no tengo nada que ver.

"Vete a la mierda."

Con eso, agarro el brazo de Butch y él me acerca más, probablemente porque ve la angustia en mi rostro.

"Llévame a casa, por favor", le susurro mientras las lágrimas comienzan a caer.

Ley

"Estás perdido". Paine dice las palabras, pero no lo miro. Sigo mirando por la puerta por la que Josephine acaba de entrar, llevándose una parte de mí con ella. Cuando ella no respondió a mis mensajes de texto, me preocupé un poco, pero cuando envió ese último mensaje, sentí como si el fondo de mi mundo se cayera debajo de mí.

Aprieto los dientes y aprieto los puños, tratando de controlar mi ira. Sólo tengo a mí mismo para enojarme. Jugué todo esto mal. El último año de mi vida ha sido miserable y jodidamente solitario, y las últimas dos semanas fueron las mejores que jamás he conocido. No dejaré que se me escape de las manos tan fácilmente. De una forma u otra, ella me escuchará. "Mientras esté en algún lugar con ella, lo aceptaré". Es la verdad. Llevaré a mi chica de cualquier manera que pueda conseguirla. Puede que esté perdido con ella, pero a mí me parece bien. Me ahogaré en ella y será la muerte más dulce que un hombre pueda pedir.

Salgo del bar y llego a tiempo para verla subir al auto de Butch. Sé que solo son amigos, pero joder, arde verlo cuidándola. Estaba sufriendo cuando entré al bar, y no debería haber llamado a Butch. No, debería haber sido yo. Pero la cagué. Quiero ser el hombre al que acuda cuando necesite alguien en quien apoyarse. Casi me había ganado toda su confianza, sólo para verla esfumarse.

"¡Mierda!" Grito al estacionamiento vacío antes de dirigirme a mi patrulla. No lo pienso. Enciendo las luces azules y la sirena, persiguiéndolos.

Butch se detiene a un lado de la carretera y yo hago lo mismo, apagando la sirena pero dejando las luces encendidas. Butch va a abrir su puerta, probablemente para discutir conmigo, pero le doy la misma voz que usaba con los matones en las calles de Chicago cuando trabajaba de patrulla.

"Manos en el volante y ni siquiera muevas un jodido dedo". Es un movimiento idiota, usar mi poder para mis propios fines, pero no puedo preocuparme. No hay nada que no haría para tener a mi dulce Josephine, incluso orinar un caso de hace un año por el desagüe. Encontraré otra manera.

Me acerco al lado del pasajero y abro la puerta. Extendiendo la mano, le abrocho el cinturón de seguridad, la saco del auto y la coloco sobre mi hombro. Ella me da un poco de resistencia, pero es tan pequeña que es fácil controlarla.

Butch salta del auto y dejo de mirarlo. Puedo decir por la expresión indecisa de su rostro que está debatiendo lo que quiere hacer. Puede que quiera atacarme, pero sigo siendo el Sheriff.

"La hiciste llorar. Nunca la había visto llorar antes, Law".

Sus palabras son como piedras que caen al agua. El primer impacto es brutal, las secuelas desgarran mi cuerpo y llegan hasta mi alma. Hice exactamente lo que estaba tratando de evitar y ahora voy a poner mis cartas sobre la mesa.

“Voy a arreglarlo”, le digo, dejando salir toda mi emoción en mis palabras. No obtendré ningún punto con Josephine si noqueo a su mejor amiga al costado de la carretera porque ella no va con él. Sobre mi puto cadáver.

“No estoy jodiendo contigo, Law. Arreglalo o Paine y estaré tan metido en tu trasero...”

"¡Marimacho! ¿Qué carajo? ¿Vas a dejar que este bastardo mentiroso y tramposo me lleve? Ella comienza a patear de nuevo y le doy una palmada en el trasero. Estoy tratando de controlarla antes de que intente zafarse de mi hombro y aterrice su trasero en el duro asfalto.

"Llámame por la mañana, Joey". Butch regresa a su auto y se va, pero Josephine todavía grita hasta que se da cuenta de que se ha ido.

Voy al lado del pasajero del crucero y la coloco sobre sus pies, enjaulándola. Ella choca contra mí, tratando de liberarse. Ella golpea mi pecho mientras las lágrimas corren por su rostro. Cada golpe verbal que ella lanza es un golpe directo a mi corazón.

“¡Te amaba jodidamente! Pero para ti yo sólo era un sucio secreto. No es lo suficientemente bueno para sacarlo en público. No es lo suficientemente bueno para conocer a tus padres”.

Cuando la pelea finalmente abandona su cuerpo, sacando todo lo que estaba sosteniendo, se hunde contra el auto.

Me arrodillo frente a ella, mis manos envuelven sus estrechas caderas, mirando hacia arriba mientras ella me mira. La luna hace que sus grandes ojos verdes parezcan más brillantes de lo normal y me duele el corazón el doble.

"Tenías razón sobre mis secretos sucios". Ella comienza a quitar mis manos de sus caderas, pero la abrazo con más fuerza. “Son mis secretos que he estado tratando de ocultarte. No quería que te tocaran. No los quiero cerca de ti”.

“No te creo”. Sus palabras dicen una cosa, pero sus ojos se llenan de esperanza. Sus manos se posan sobre mis hombros y agradezco que no esté intentando empujarme hacia atrás con ellas.

"Odio a mi padre y no soporto estar en la misma habitación que mi madrastra". No le dejo saber que es porque la mujer ha estado tratando de meterse en mis malditos pantalones durante años, algo que me da ganas de vomitar, pero no quiero poner celosa a mi chica. Los celos me devoran cuando se trata de ella. Joder, la semana pasada me puse celoso de la maldita pajita de su bebida y no quiero que ella tenga esos sentimientos. Quiero que ella no tenga preguntas sobre lo que ella es para mí, o que alguna vez le daría la hora del día a otra mujer porque no lo haría. Demonios, las mujeres ni siquiera han estado en mi radar durante años. Puse todo en mi trabajo. Hasta ella. Ella puso mi mundo patas arriba.

"Eso puede ser cierto, Law, pero te vi con otra mujer. Estabas sosteniendo su mano".

"Ella está con el FBI". Sus dedos se aprietan sobre mis hombros esperando que continúe. "He estado preparando un caso contra mi padre y ella es parte de él. Hace aproximadamente un año me pidió que volviera a Springfield y me postulara para Sheriff. Al principio le dije que no, pero siguió presionando. Luego el FBI se acercó a mí y me dijo que las cosas alrededor de mi papá no olían muy bien. Eso no me gustó ni un poquito. Solo quería lavarme las manos de él, pero lo había oído hablar de mi hermana. Sobre obligarla a regresar aquí, y entonces supe que él tenía planes de tenerla bajo su control. Puede que nunca hayamos sido cercanos, pero no podía dejar que lo hiciera".

"Fui a la cita esta noche como señuelo. Salir a cenar y luego volver a casa de mi padre para tomar unas copas. Distraería al buen papá y a mi madrastra mientras Debra, mi cita falsa", enfatizo "falso" para que entienda el punto, "fue a husmear un poco. Pero todo eso se fue por la ventana cuando no respondiste a mis mensajes de texto". Le digo aunque no me importa que el plan se haya ido al carajo. Encontraré otra manera. Josephine es mi prioridad número uno. No las estafas que mi padre ha estado haciendo para ascender en la vida.

"¿Arruiné tu caso?"

"A la mierda el caso", gruño, porque ese no es el problema aquí. “Josefina, mi dulce Josefina. Piensa en todas las formas en que he adorado tu cuerpo. Te hice el amor todas las noches. Eres todo para mí. Nada más en este mundo importa si no te tengo”.

"Ley." Sus ojos se llenan de lágrimas de nuevo, pero puedo decir que estoy llegando a ella. Su hermoso rostro se ha vuelto suave. Es la misma cara que me pone cuando le digo lo absolutamente dulce que es, y ella me dice que no tiene nada de dulce, lo cual es una completa tontería. Ella es pura dulzura. Una dulzura que sólo yo obtengo.

"¿Lo decias en serio?" Le pregunto. Sus palabras todavía dan vueltas y vueltas en mi cabeza.

"¿Qué?"

“Cuando dijiste que me amabas. ¿Quiso decir eso? ¿Todavía me amas?" Sus palabras me atravesaron cuando me las lanzó con ira. Los quiero de vuelta. Los necesito. Nunca nos lo habíamos dicho antes porque no quería presionar. Ya la había presionado tanto que no quería añadir más. Y para ser honesto, los quería de ella primero. Había hecho mucho para conseguirla. La persiguió con fuerza y simplemente se hizo cargo. Quería que esto fuera algo que ella me diera.

Ella se arrodilla frente a mí, pero la levanto en mis brazos y me levanto. Envuelve sus piernas alrededor de mi cintura, sus manos alrededor de mi cuello y sus dedos hundiéndose en mi cabello en la parte posterior de mi cabeza. "Nunca te arrodillas".

Ella ignora mis palabras. “Lamento haber reaccionado de forma exagerada. Yo solo... tú solo... Ella tropieza con sus palabras y yo contengo la respiración, preguntándome si lo dirá de nuevo. “Demasiado perfecto para ser verdad. Todo esto es tan nuevo para mi. Nunca había hecho esto antes, pero debería haber sabido que lo siento cuando me tocas, me amas y yo te amo”.

La tomo en un beso profundo, empujando mi lengua dentro de su boca, necesitando probarla más de lo que necesito respirar en este momento. Estaba tan jodidamente asustado de que nunca más me diera esto. Su cuerpo se funde con el mío, su dulzura se filtra. La presiono contra el auto, pero rápidamente retrocedo, recordando que todavía estamos al costado de la carretera y no quiero que nadie la vea con toda esta pasión en su rostro. Es todo mío y no compartiré ni una gota.

Intenta atraerme hacia ella y no puedo evitar reírme. En las últimas semanas se ha vuelto más agresora en lo que respecta al dormitorio. Es adorable como una mierda cuando intenta mandarme en la cama y cuando intenta atacar mi polla.

"Aquí no", le digo, tratando de recordármelo tanto como a ella antes de que mi control comience a fallar.

"Llévame a casa."

Hago una pausa ante sus palabras y ella debe sentir mi cuerpo tensarse. "Nuestra casa", termina, haciéndome sonreír. He estado tratando lentamente de acercarla y parece que ella me había descubierto.

"Te amo, cariño, y no hay ningún lugar al que prefiera llevarte que a nuestra casa".

Joey

Law me lleva a la casa y no puedo quitarle las manos de encima. La pasión entre nosotros se ha encendido y no hay forma de apagarla.

Cuando abro los ojos y veo que estamos en nuestra habitación, salto de sus brazos y empiezo a quitarme las botas. "Sube a la cama, Sheriff. Esta noche estoy a cargo".

"Sí, señora."

Law me da una sonrisa arrogante, haciéndome saber que seguirá el juego. Sé que en realidad no suelta su control. Simplemente me deja jugar un rato. Me sentí como un imbécil por arruinar su caso, pero de camino a casa recibió una llamada de su compañera diciéndole que había podido intervenir el teléfono en la oficina de su padre esta noche y que debería tener todas las pruebas para hundir su barco muy pronto. pronto. A Law realmente no parecía importarle, pero estaba agradecida de que no hubiera abandonado todo ese trabajo sólo porque me enojé y no lo escuché. Soy rápido para calentarme y juzgo rápido. Debería haberlo escuchado. Eso es lo que haces cuando amas a alguien. Les das una oportunidad. Todo esto es muy nuevo para mí, pero con Law de mi lado, podemos superar cualquier cosa.

Una vez desnudo y sube a la cama, coloca su gran cuerpo en el medio, abriendo brazos y piernas.

Su dura polla apunta hacia arriba y no puedo evitar apretarme entre mis piernas de emoción. Maldita sea, me encanta follarlo. Tenemos tiempos en los que todo es dulce y lento, y a veces es duro y rápido. Creo que esta noche quiero un poco de ambos.

Lentamente me quito la ropa, dejándolo saciarse. Se agacha entre sus piernas y acaricia su polla mientras me inclino para quitarme las bragas, abriendo bien las piernas y dejándole ver todo lo que está a punto de recibir.

"Joder, cariño, no sé cuánto tiempo puedo esperar".

Una vez que estoy completamente desnuda, me arrastro lentamente desde los pies de la cama hasta su cuerpo. Me siento a horcajadas sobre su pierna y froto mi coño mojado por su muslo, dejándolo sentir mi calor y provocándonos a ambos. Froto hacia adelante y hacia atrás, frotando su duro músculo y sintiendo la fricción del cabello que tiene contra mi clítoris. Es tan bueno que me agacho y separo los labios de mi coño, queriéndome completamente contra él.

Me muevo mientras lo veo acariciar su polla, perlas de semen goteando en la punta. Él unta su presemen por su eje y lo usa como lubricante mientras yo giro mis caderas hacia adelante y hacia atrás. Mi coño está empapado y puedo escuchar mi sonido pegajoso contra su piel, y eso me excita más.

"Por favor, Josefina". Miro hacia arriba para ver la necesidad desesperada en los ojos de Law, y subo, sentándome a horcajadas sobre su polla, colocando su gruesa punta en mi abertura.

"Te amo, Ley". Bajándome lentamente sobre su amplia polla, siento que me abre de la manera más deliciosa.

“Yo también te amo, dulzura mía”.

Cuando llego a la raíz de su polla y no puedo tomar más de él, pulso lentamente hacia arriba y hacia abajo. Mojando suavemente su longitud y tratando de estirar mi coño para acomodar su gran polla.

Incluso después de todas las veces que hemos hecho el amor, todavía tengo que acostumbrarme a su tamaño. Siento que me escurro por su polla y la aprieto con más fuerza por la necesidad. Creo que mi cuerpo estaba tan excitado por el estrés de antes, y ahora me siento tan aliviado de que todo esté bien que solo necesito liberarme.

Froto círculos alrededor de mi clítoris mientras empiezo a moverme arriba y abajo por la polla de Law. Él agarra mis caderas, empujando hacia mí, y cierro los ojos y gimo. Después de unas cuantas embestidas, lo siento sentarse y agarrarse a uno de mis pezones. Es aún más profundo en este ángulo y no puedo contener mi grito de éxtasis sorprendido.

"Estoy cerca." Apenas puedo pronunciar las palabras cuando sus dientes encuentran mi cuello y uso mi mano libre para agarrar su cabello. Mi otra mano todavía está en mi clítoris, acercándome cada vez más.

“Suéltame, Josefina. Estoy aquí para atraparte”.

Sus palabras de confianza y amor me llevan al límite y me corro en su polla, liberando toda la tensión a la que me he estado aferrando. Me derrito en él y me muevo hacia arriba y hacia abajo, aguantando mi orgasmo y haciéndolo durar más. Agarra mis caderas y me hace apretarlo mientras empuja profundamente y me llena. Siento su polla moverse dentro de mí mientras su semen caliente se esparce por mi coño.

"Te amo, cariño." Sonrío contra su piel porque no puedo dejar de decirlo. Me siento tan tonta y tímida porque lo sigo repitiendo, pero sigue saliendo a la luz. Estoy oficialmente perdidamente enamorada de este hombre mío.

Lo escucho susurrar las palabras contra mi cuello, provocando escalofríos por mi espalda. Me muevo un poco contra él y siento que todavía está duro como una roca dentro de mí. Generalmente no hay un momento en que estamos juntos en el que él no esté duro, y si no lo está, solo hace falta mover mi trasero para lograrlo.

"Cásate conmigo, Law".

Él retrocede rápidamente, agarrando mi cara y mirándome a los ojos. "Dilo otra vez." Es una exigencia, no una pregunta. Su mirada es intensa y no sé si lo he molestado o lo he hecho feliz.

Respiro profundamente y me recuerdo a mí mismo que eso es el amor. Todo sobre la mesa y con el corazón bien abierto.

"Dije, cásate conmigo, Law. ¿Quieres casarte conmigo?" Me muerdo el labio y pienso que tal vez él hubiera querido preguntar. Pero a estas alturas ya debería saber que no soy una chica convencional y que esta no es una relación convencional. Yo soy diferente, él es diferente y eso nos hace diferentes.

Cierra los ojos con fuerza por un segundo y luego los abre para mirarme. Sus grandes ojos están un poco llorosos mientras asiente con la cabeza.

"¿Vas a?" Mi voz se eleva en un chillido con la última palabra, pero estoy demasiado emocionado para que me importe.

"Sí, Josephine, me casaré contigo. He estado esperando que preguntaras eso durante mucho tiempo. Y para ser honesto, pensé que tendría que esperar mucho tiempo. Te amo tanto bebé. No puedo esperar para convertirte en mi esposa".

Me agarra por la cintura y me levanta de la cama, sin romper nuestra conexión. Me acompaña por el pasillo hasta su oficina, alrededor de su escritorio y se sienta en su gran silla, mientras mantiene su polla dentro de mí, conmigo envuelta alrededor de sus caderas.

Se acerca, saca una caja de terciopelo negro y me la entrega. Hay un recibo encima y la fecha está rodeada por un círculo. Es de hace casi exactamente un año y lo miro confundida.

"Desde que te vi por primera vez, Josephine". Saca el anillo: un diamante negro de talla esmeralda. "Siempre has sido el único".

Desliza el anillo en mi dedo y mis labios caen sobre los suyos, diciéndole lo que no encuentro palabras para decir. Mientras me recuesta sobre el escritorio y me hace el amor, me doy cuenta de que me deseaba antes de conocerme. Me miró y supo que sería su mejor amiga, su compañera, su esposa y la madre de sus hijos. Vio más en mí en una mirada de lo que yo había visto en mí en toda mi vida.

Maldita sea, soy una mujer afortunada.

# Epílogo

LEY

Diez años después...

"Te lo he dicho tres veces, no lo haré".

"Josephine, te juro que es una emergencia".

Oigo el sonido del teléfono y sé que me colgó. Siento la sonrisa engreída en mi rostro mientras apoyo mi trasero contra mi patrulla y espero a que ella aparezca.

Los niños están con Paine y Penélope este fin de semana y qué mejor manera de comenzar nuestro tiempo a solas que con un poco de diversión.

Hemos estado juntos tanto tiempo que estoy seguro de que ella conoce mi juego, pero a ese atrevido y duro suyo le gusta jugar duro.

Las cosas entre nosotros solo han mejorado con el tiempo y todavía no puedo tener suficiente de ella. Ella es el amor de mi vida y, aunque las cosas se ponen agitadas, todavía encontramos tiempo para recordar por qué nos enamoramos.

No tengo que esperar mucho antes de que llegue en su Corvette. Le compré el clásico para su trigésimo cumpleaños y luce jodidamente sexy con él. Ella sale y mis ojos recorren su apretado cuerpo. Lleva una camiseta negra sin mangas, jeans ajustados y botas de trabajo. Su cabello negro está en ondas desordenadas que le caen por la espalda y parece una jodida diosa del sexo. Ella se acerca a mí y se cruza de brazos.

"¿Qué tiene de malo?" Ella mira por encima de mi hombro para ver el capó de mi patrulla levantado y levanta una ceja.

"No lo sé. Maldita cosa no arranca.

Se muerde el labio para evitar sonreír y pasa a mi lado para comprobarlo. No le llevará mucho tiempo ver el cable de la batería desconectado, pero la verdadera diversión comenzará después de que la ponga las esposas.

Sonrío mientras me giro y la sigo, pensando que este será un fin de semana increíble.

# Don't miss out!

Visit the website below and you can sign up to receive emails whenever Anna Gary publishes a new book. There's no charge and no obligation.

https://books2read.com/r/B-A-DSPAB-EPNQC

BOOKS 2 READ

Connecting independent readers to independent writers.

Did you love *Crianza Sagrada #2*? Then you should read *Crianza sagrada #1*[1] by Anna Gary!

[2]

Retirarme de la NFL fue la decisión correcta y, a mis treinta años, he hecho cosas con las que la mayoría de la gente sólo podría soñar. Después de todo lo que he conseguido, ser entrenador de fútbol americano en un instituto debería ser fácil... pero cuando tienes una distracción en forma de chica empollona con curvas, las cosas se pueden complicar.

Es una estudiante, apenas mayor de edad y es la hija de mi mejor amigo.

No sabía lo que era el deseo hasta Megan. No sabía que la obsesión podía volver loco a alguien, hasta que la vi. No estaba preparado para el

---

1. https://books2read.com/u/4E8yXO

2. https://books2read.com/u/4E8yXO

hecho de que una vez que puse mis ojos en Megan, mi vida realmente comenzaría.

Debo tenerla, cueste lo que cueste. Debo criarla y atarla tan fuerte que nunca pueda escapar. Será mía, aunque tenga que llevármela.

Advertencia: este libro es ridículo, exagerado, completamente increíble y trata prácticamente de la crianza de la heroína. Si eso te gusta, ¡bienvenido a mi sucio, sucio libro! No olvides que te lo advertí.

# Also by Anna Gary

**Crianza sagrada**

Crianza sagrada #1

Crianza Sagrada #2

**Marriage vierges**

Le Mari Étrangement Vierge

L'épouse étrangement vierge

Etrangement Vierge

**Sacré Élevage**

Sacré élevage 1

Sacrée élevage 2

Sacré Élevage 3

Sacrée élevage 4

**Standalone**

Double Jumeaux

La Femme Fatale complexée

La fille Riche de la Ville
Jusqu'à ce que je captive ton cœur
Quelqu'un Juste Comme Toi
Un Grand Risque à Prendre
Un Milliardaire qui a Besoin d'une Femme
Frêne doré
Le retour du mauvais garçon
La Jeune Musulmane
Dose de domination
La Transformation de Sandra
Preuve d'adultère
Tomber Amoureuse de son Voisin
Le Mangeur de Chair
L'embrasser jusqu'au bout
La Ligne à ne pas Franchir
La Première Fois de Stéphania
Séduit par Fiona
Le Plus Grand Braquage
En Avoir Assez
Totalement Beau et Interdit
Le Voisin Intimidant
Gemelos Dobles
La Chica Rica de la Ciudad
La Compleja Mujer Fatal
Riesgo a Correr: No voy a arriesgarme a dejar ir a Roselaure

Milton Keynes UK
Ingram Content Group UK Ltd.
UKHW041821211123
432980UK00001BB/118